eye.

守望者

——

到灯塔去

刺猬与狐狸
论托尔斯泰的历史观

The Hedgehog and the Fox

An Essay on Tolstoy's View of History

［英］以赛亚·伯林 著
［英］亨利·哈迪 编 唐建清 译

by Isaiah Berlin
edited by Henry Hardy

南京大学出版社

THE HEDGEHOG AND THE FOX by Isaiah Berlin, second edition, edited by Henry Hardy
First published by Weidenfeld & Nicolson, an imprint of the Orion Publishing Group, London
Second edition © The Trustees of the Isaiah Berlin Literary Trust and Henry Hardy 2013
Editorial matter © Henry Hardy 2013
Published by arrangement with The Orion Publishing Group Ltd., through The Grayhawk Agency Ltd.
Foreword translated and reprinted from THE HEDGEHOG AND THE FOX: An Essay on Tolstoy's View of History, Second Edition by Isaiah Berlin, edited by Henry Hardy, with a new foreword by Michael Ignatieff. Foreword copyright © 2013 by Princeton University Press. Reprinted by permission.
Simplified Chinese Edition Copyright © 2025 by NJUP
All rights reserved
江苏省版权局著作权合同登记图字：10—2023-428号

图书在版编目(CIP)数据

刺猬与狐狸：论托尔斯泰的历史观 /（英）以赛亚·伯林著；（英）亨利·哈迪编；唐建清译. -- 南京：南京大学出版社，2025.8. -- ISBN 978-7-305-28758-9

Ⅰ.B512.59

中国国家版本馆CIP数据核字第2025A7G580号

出版发行	南京大学出版社		
社　　址	南京市汉口路22号	邮　编	210093

CIWEI YU HULI:LUN TUOERSITAI DE LISHIGUAN
书　　名	刺猬与狐狸：论托尔斯泰的历史观
著　　者	［英］以赛亚·伯林
编　　者	［英］亨利·哈迪
译　　者	唐建清
责任编辑	顾舜若

照　　排	南京紫藤制版印务中心				
印　　刷	南京爱德印刷有限公司				
开　　本	787 mm×1092 mm	1/32	印张7.125	字数86千	
版　　次	2025年8月第1版　2025年8月第1次印刷				
ISBN	978-7-305-28758-9				
定　　价	68.00元				

网　　址：http://www.njupco.com
官方微博：http://weibo.com/njupco
官方微信：njupress
销售咨询热线：(025)83594756

* 版权所有，侵权必究
* 凡购买南大版图书，如有印装质量问题，请与所购图书销售部门联系调换

目录

序言	i
编者前言	vii
作者说明	xiii
刺猬与狐狸	001
第二版附录	139
编者后记	180
索引	182

序言

叶礼庭

这篇出色的文章最初是在牛津大学发表的演讲,1951年被一份鲜为人知的斯拉夫研究期刊转载,1953年被再次命名并被重新发表。为什么这篇文章能如此强劲而持久地流传下来,我们有必要加以阐明。与《两种自由概念》("Two Concepts of Liberty")[1]一样,刺猬与狐狸之间的区别也被证

---

[1] 见伯林的两本文集:*The Proper Study of Mankind: An Anthology of Essays*, ed. Henry Hardy and Roger Hausheer (London, 1997: Chatto and Windus; New York, 1998: Farrar, Straus and Giroux; 2nd ed., London, 2013: Vintage); *Liberty*, ed. Henry Hardy (Oxford, 2002: Oxford University Press)。(若无特别说明,本书脚注均为原版书注。)

明具有旺盛的生命力,并被用于伯林此前从未想象或计划过的领域。20世纪30年代末,"刺猬与狐狸"最初是教师休息室的一种室内游戏——牛津大学的一位本科生向他介绍了一个奇妙而神秘的希腊语句子,以赛亚就用它把他的朋友分为刺猬与狐狸。[1] 后来,伯林将它变成了一篇关于托尔斯泰的著名文章的结构性见解。"刺猬与狐狸"现在已经进入文化,作为对我们周围的人进行分类的方式,以及思考关于现实本身的两种基本定位的方式。

狐狸不仅知道很多事情。狐狸承认,他只是知道很多事情,而现实的统一性肯定是他无法把握的。狐狸的重要特征是承认自己所知有限。正如伯林所说:"我们是超出我们理解范围的更大世界的一部分。……我们自己生活在这个整体中,并依

---

[1] Michael Ignatieff, *Isaiah Berlin: A Life* (London, 1998; Chatto and Windus; New York, 1998; Metropolitan; 2nd ed., Pushkin Press, 2023), 215-216.

赖它,我们只有与它和平相处才是明智的。"[1]

刺猬不会与世界和平相处。他不甘心。他不能接受自己只知道很多事情。他试图知道一件大事,坚持不懈地要给现实一个统一的形态。狐狸满足于所知道的,他可能会过上快乐的生活。刺猬不会安定下来,他的生活可能不会快乐。

伯林认为,我们所有人的内心都既有狐狸的一面,也有刺猬的一面。这篇文章是对人类分裂性的一种无与伦比的描述。我们是分裂的生物,我们必须做出选择:是接受我们知识的不完整性,还是坚持确定性和真理?我们当中只有最坚定的人才会拒绝满足于狐狸所知道的,而坚持刺猬所确定的。

换句话说,这篇文章经久不衰,因为它不仅是关于托尔斯泰的,也是关于我们所有人的。我们

---

[1] 见下文,第121页。

可以与我们的"现实感"[1]和解,接受现实的本来面目,过我们现有的生活;我们也可以渴望在表象之下找到一种更基本、更统一的真理,一种可以解惑或提供慰藉的真理。[2]

伯林将刺猬对统一真理的渴望与狐狸的现实感进行了对比。他坚信,狐狸的知识也可以是扎实而清晰的。我们并非在云雾中。我们可以认知,我们可以学习,我们可以做出道德判断。科学知识是明确的。他所质疑的是,科学或理性是否可以给我们一种切入现实核心的最终确定性。我们大多数人满足于此。他写道,智慧不是屈服于幻想,而是接受"我们在其中行动的……不可改变的媒介""事物之间的永恒关系""人类生活的普遍结构"。[3] 我

---

[1] 见下文,第 67、106、108、116、129、136、166 页。

[2] 另见伯林的"现实感"("The Sense of Reality",伊丽莎白·卡特·莫罗讲座,史密斯学院,1953 年),收录于同名文集:*The Sense of Reality*, ed. Henry Hardy (London, 1996: Chatto and Windus; New York, 1996: Farrar, Straus and Giroux; 2nd ed., Princeton, 2019: Princeton University Press)。

[3] 见下文,第 115、113 页。

序言

们有此认识,不是通过科学或推理,而是通过对现实的深刻理解。在生命的最后几年,伯林本人获得了这种宁静。这种宁静似乎源于贯穿他现实感的接受与和解。[1]

少数人拒绝接受现实。他们拒绝屈服,并寻求——无论通过艺术还是科学,数学还是哲学——穿透狐狸所知道的许多不同的事情,以一个核心的确定性来解释一切。卡尔·马克思就是这样一个人物,他是所有那些人中最无法被动摇的刺猬。

刺猬的伟大之处在于拒绝我们的局限性。其悲剧在于最终无法与局限性和解。托尔斯泰无情地蔑视一切关于真理的教义,无论宗教的还是世俗的,但他无法放弃这样的信念:只要他能克服自己的局限性,就能掌握某种终极真理。"直到他生命的最后一刻,托尔斯泰的现实感都是毁灭性的,

---

1 参见我的《秋天的伯林》,收录于:Henry Hardy (ed.), *The Book of Isaiah: Personal Impressions of Isaiah Berlin* (Woodbridge, 2009:Boydell)。

无法与任何道德理想相容,他的智慧将世界震碎,而这种道德理想则是他从世界的碎片中构建出来的。"[1] 最后,他成了一个悲壮的人物——"一个绝望的老人,无人相助,就像刺瞎自己的俄狄浦斯,在科洛诺斯(Colonus)徘徊"[2][3]——无法与自己人性中难以克服的局限性和解。

这篇文章向任何阅读它的人提出了一些基本问题:我们能知道什么?我们的"现实感"能告诉我们什么?我们是否甘于接受人类视野的局限性?或者我们渴望得到更多?如果得到更多,有朝一日我们希望实现什么样的确定性?因为这些都是人类存在的永恒问题,所以,只要人们继续寻求答案,这篇伟大的文章就会流传下去。

---

[1] 见下文,第136页。
[2] 在古希腊神话中,忒拜国王俄狄浦斯在不知情的情况下杀父娶母,得知真相后刺瞎自己,离开忒拜,最后流落到了希腊的另一城邦科洛诺斯。原版书索引中未包括的、不太常见的地名和人名,中译本会在括号中注明原文。——译注
[3] 见下文,第137页。

编者前言

我很抱歉把我自己的这本书叫作《刺猬与狐狸》。现在我真希望我没有这么做。

以赛亚·伯林[1]

这本小书是以赛亚·伯林最著名、最广为人知的作品之一。它有些复杂的历史也许值得简单地总结一下。

---

1 致莫顿·怀特的信,1955 年 5 月 2 日,见伯林的 *Building: Letters 1946 – 1960*, ed. Henry Hardy and Jennifer Holmes (London, 2009: Chatto and Windus), 480。此话可能是真诚的,但这本书的学术影响力无疑因其贴切的书名而大大增强。

刺猬与狐狸:论托尔斯泰的历史观

最初更简短的版本基于伯林在牛津大学的一次讲座,(据作者声称)是在两天内做的口述,并于1951年在一本专业杂志上发表,标题略显平淡——《列夫·托尔斯泰的历史怀疑主义》("Lev Tolstoy's Historical Scepticism")。[1] 两年后,在乔治·韦登菲尔德[2]的启发下,它经过修订和扩充,得以重印,并采用了现在这个著名的标题[3],还增加了关于托尔斯泰和迈斯特的两个部分,以纪念作者已故的朋友贾斯珀·里德利(Jasper Ridley, 1913—1943),他在十年前的第二次世界大战中丧生。

二十五年后,它被收录到伯林关于19世纪俄国思想家的文集中,三十年后,该文集经过大量修

---

[1] *Oxford Slavonic Papers* 2 (1951), 17 - 54.

[2] 乔治·韦登菲尔德(1919—2016),1948年韦登菲尔德与尼科尔森出版社(Weidenfeld & Nicolson)的联合创始人。

[3] *The Hedgehog and the Fox: An Essay on Tolstoy's View of History* (London, 1953; Weidenfeld and Nicolson; New York, 1954; Simon and Schuster).

编者前言

订又出了第二版。[1] 在伯林去世的那年,它也出现在从他的全部作品中选取的一卷本纪念集中。[2] 多年来,它有了许多译本。20世纪50年代中期,即将成为伯林妻子的艾琳·哈尔班翻译了一个法语版本,这是他们结婚前定期会面的成果。[3] 最后,它的节选以《托尔斯泰与历史》为题出版。[4] 自它首次出版以来,独立的完整文本一直在重印,现在进入了其历史的最新阶段。

对于我在1978年、1997年和2008年编辑或

---

1 *Russian Thinkers*, ed. Henry Hardy and Aileen Kelly (London, 1978: Hogarth Press; New York, 1978: Viking; 2nd ed., revised by Henry Hardy, London etc., 2008: Penguin Classics).

2 *The Proper Study of Mankind: An Anthology of Essays*(见上文,第 i 页,注释1)。

3 "Le hérisson et le renard",收入法语版《俄国思想家》(*Les Penseurs russes*, Paris, 1984: Albin Michel),也出了单行本(Paris, 2020: Les Belles Lettres)。这个译本推迟了三十年才出版。1954年12月3日,伯林写信给他的朋友罗兰·波顿-穆勒(Rowland Burdon-Muller):"艾琳继续翻译《刺猬与狐狸》,她似乎对这本书很感兴趣。这让我受宠若惊,但我怀疑没有出版商会贸然出版它。"

4 London, 1996: Phoenix.

参与编辑的每一部伯林文集,我都对这篇文章的文本进行修订,并对注释进行更正和补充。此外还增加了一些段落非英语语言的译文(其中一些篇幅相当长)。这篇文章的当前版本包括所有这些修订和更多的补充。

这一版中新增了伯林的传记作者叶礼庭撰写的序言,以及附录,附录包括这篇文章在写作和出版过程中伯林写的相关信件(节选),还有同时代的书评及后来的评论(节选)。

《刺猬与狐狸》刚出版时就受到了热烈的讨论,并成为文学评论的主要对象。伯林对一元论的刺猬和多元论的狐狸的区分,就像他对康德的"扭曲的人性之材"[1]的赞美一样,已经进入了现代文化的词汇之中。"刺猬与狐狸"这一说法在演

---

[1] "Idee zu einer allgemeinen Geschichte in weltbürgerlicher Absicht" ("Idea for a Universal History with a Cosmopolitan Purpose", 1784), *Kant's gesammelte Schriffen* (Berlin, 1900 -), viii 23, line 22.

编者前言

讲、图书和网络中被频繁提及,已经形成了一种无法追踪的生命,激发了约翰·鲍尔在《笨拙画报》(*Punch*)上的戏仿之作(见附录)、查尔斯·巴尔索蒂的漫画[1],以及很多其他作品。

新版本更新了版式,因此页码与早期各种版本有所不同。这将给试图参考那些版本的读者带来一些不便。因此,我发布了尼克·霍尔(Nick Hall)编纂的各版本对照索引(http://berlin.wolf.ox.ac.uk/published_works/hf/concordance.html),这样一来,对一个版本的参考就可以很容易地转换为对另一个版本的参考。

页码引用通常以普通数字的形式给出。对注释的相互参照(除非另有说明)以如下形式给出:第123页,注释4。

---

1 此漫画首次发表于 *New Yorker*, p. 54,1998年11月9日。(由于版权限制,中译本未收录此漫画。——译注)

我们应该向伯林的朋友朱利安·阿斯奎斯[1]致敬,伯林从他那里得知了那个残篇,这本书的书名就来源于此。我非常感谢艾琳·凯利(Aileen Kelly)在第一版《俄国思想家》的准备过程中在文本和参考资料方面提供的宝贵帮助。关于这个新版本,我还要感谢艾尔·伯特兰(Al Bertrand)、尤恩·鲍伊、昆汀·戴维斯(Quentin Davies,约翰·鲍尔的文学遗嘱执行人,他允许我转载鲍尔的戏仿之作)、利奥弗兰克·霍福德-斯特雷文斯(Leofranc Holford-Strevens)、伊娃·帕帕斯特拉蒂斯(Eva Papastratis)、约翰·彭尼(John Penney),尤其是玛丽·哈迪(Mary Hardy)。

亨利·哈迪

英国赫斯沃尔

2012年5月,2021年12月,2023年8月

---

[1] 朱利安·爱德华·乔治·阿斯奎斯(1916—2011),第二代牛津与阿斯奎斯伯爵,于1934—1938年在牛津大学贝利奥尔学院(Balliol College)研读古典学,是英国殖民时期的行政长官。

作者说明

我要感谢 S. 科诺瓦洛夫教授和克拉伦登出版社(Clarendon Press)允许我将这篇文章的部分内容转载,这篇文章最初于1951年以不同的标题出现在《牛津斯拉夫论文集》第二卷中。我对原来的版本做了很大的修改,并增加了两个部分(Ⅵ和Ⅶ)。我要感谢理查德·沃尔海姆(Richard Wollheim)先生阅读了新的章节并提出改进建议,感谢 J. S. G. 西蒙斯(J. S. G. Simmons)先生为我提供了宝贵的参考资料,感谢他在媒体上看到早期版本时的谨慎态度。

以赛亚·伯林

英国牛津

1953 年 7 月

纪念贾斯珀·里德利

乔治·沃林(George Waring),《松鼠及其他动物,或英国许多小型四足动物的习性和本能图解》(*The Squirrels and Other Animals: Or, Illustrations of the Habits and Instincts of Many of the Smaller British Quadrupeds*,伦敦,1842)卷首插画

刺猬与狐狸

刺猬与狐狸

英国化学家的大脑和印度佛教徒的灵魂的奇妙结合。

E. M. 德·沃居埃[1]

I

古希腊诗人阿基罗库斯的作品残篇中有这样一句话:"狐狸知道很多事情,但刺猬只知一件大事。"[2]

---

1 "在印度佛教徒的灵魂中,看起来有个英国化学家的头脑。谁能解释这种奇怪的组合呢?" *Le Roman russe* (Paris, 1886),282.

2 "πολλὰ οἶδ' ἀλώπηξ, ἀλλ' ἐχῖνος ἓν μέγα." 阿基罗库斯残篇 201,M. L. West (ed.), *Iambi et elegi graeci ante Alexandrum cantati*, 2nd ed., vol. 1 (Oxford, 1989)。[这个残篇被保存在希腊智者齐诺比厄斯(Zenobius)(5.68)的一本谚语集中,他说在阿基罗库斯和荷马的作品中都发现了这个残篇,West, op. cit., vol. 2 (Oxford, 1992),荷马残篇 5。由于此残篇在韵律上是

学者们对这句话的理解有所不同，但这句话可能就是这个意思：狐狸虽然很狡猾，但还是被刺猬仅有的看家本领打败了。从比喻的角度来看，可以认为这句话标志着不同作家及思想家之间，甚至可能是人与人之间最深刻的差异之一。因为这两者之间存在着巨大的鸿沟。一边是这样的人，他们根据自己的理解、思考和感受，将所有的东西都与单一的中心视角（central vision），与一个或多或少连贯或者清晰的体系联系起来，与某个单一、普遍、有组织的原则联系起来，唯有根据这个原则，他们的一切言行才有意义。另一边则是那些追求

抑扬格而不是扬抑格，将其归为荷马之作可能意味着它出现在喜剧史诗《马耳癸忒斯》（*Margites*，现被认为并非荷马所作）中，很可能写在阿基罗库斯的诗之后。参见 C. M. Bowra, "The Fox and the Hedgehog", *Classical Quarterly* 34 (1940), 26 - 29（见 26），此文修订后收入 Bowra, *On Greek Margins* (Oxford, 1970), 59 - 66（见 59），伯林显然不知道此文。无论如何，这个诗句很可能是两位作者共同使用的谚语，尽管考虑到阿基罗库斯经常使用动物场景（见下文第 180—181 页），人们很容易认为是他首先使用并赋予其韵律形式。]

许多目标的人,他们的目标往往互不相关,甚至是矛盾的,如果有联系的话,也只是以某种事实上的方式,出于某种心理或生理原因,与道德或美学原则无关。后者的生活、举止和观念都是离心的,而不是向心的;他们的思想是发散或扩展的,在许多层面上移动,根据各种经验和对象本身抓住它们的本质,而不是有意无意地使它们融入或排斥于任何一种恒定不变、包罗万象、有时自相矛盾且不完整、有时偏执而单一的内在视角(inner vision)。第一种知识人格或艺术人格属于刺猬,第二种属于狐狸。如果不坚持严格分类,也不太担心会有矛盾,那我们可以这么说,按这个理解,但丁属于第一类,莎士比亚属于第二类;柏拉图、卢克莱修、帕斯卡、黑格尔、陀思妥耶夫斯基、尼采、易卜生、普鲁斯特,不同程度上,都是刺猬;希罗多德、亚里士多德、蒙田、伊拉斯谟、莫里哀、歌德、普希金、巴尔扎克、乔伊斯都是狐狸。

当然,就像所有过于简单的分类一样,如果强行采用,这种二分法就会变得做作、迂腐,最终走向荒谬。但是,即使它无助于严肃的批评,我们也不能简单认为它肤浅或轻浮而加以拒绝:就像所有体现某种程度的真实的差别一样,它提供了一个观察和比较的角度,一个进行真正研究的起点。因此,我们毫不怀疑普希金和陀思妥耶夫斯基之间强烈的反差。尽管陀思妥耶夫斯基关于普希金的那篇著名演讲言辞雄辩、感情深厚,但敏锐的读者很少认为它揭示了普希金的天才,它揭示的恰恰是陀思妥耶夫斯基本人的天才。之所以如此,正是因为这篇演讲反常地把普希金——一只大狐狸,19世纪最伟大的作家——描绘成陀思妥耶夫斯基那样的人,而陀思妥耶夫斯基其实是一只刺猬;这样就把普希金转变甚至扭曲成一个虔诚的先知,一个传递单一、普遍信息的人,而这其实是陀思妥耶夫斯基自身宇宙的中心,与普希金千变万化的天才的诸多领域相去甚远。事实上,说俄罗斯文学是由这些伟人组成的,并不荒谬——一端是普希金,另一端是陀思妥耶夫斯基;同样,对于那些认为这类问题有用或有趣的人来说,其他俄罗斯作家的特点,某种程度上也可以根据这两位伟人之间巨大的反差来确定。问果戈理、屠格涅夫、契诃夫、勃洛克这些作家与普希金及陀思妥耶夫斯基的关系如何,会引发——或者至少已经引发——富有成效和启发性的批评。但是,当我们来到列夫·尼古拉耶维奇·托尔斯泰伯爵面前,问他这类问题——他属于第一类还是第二类作家,一元论者还是多元论者,他的眼界是专注还是杂多,他的存在由单一物质还是由异质元素组成——则不会有明确或直接的答案。一般说来,这种问题似乎并不很合适,由此产生的疑云似乎比驱散的还要多。然而,让我们止步不前的并不是缺乏信息:托尔斯泰告诉我们的信息,关于他自己以及他的观点和态度,比任何其他俄罗斯作家都多,也几乎比任何其他欧洲作家都多。平心而论,他的艺术并不能被视为晦涩难懂:他的世界没有阴暗的角落,他的故事闪耀着白昼的光芒;他对那些故事和他自己做出解释,对小说世界及其写作手法进行讨论,就此而言,他比任何其他作家都更清晰、更有力、更理智、更明了。他是狐狸还是刺猬?我们该说什么呢?为什么这个问题如此难以回答?比起但丁或陀思妥耶夫斯基,他更像莎士比亚或普希金吗?或者他与这两类人都不同,因此这个问题显得荒谬而无法回答?我们的探究所面临的神秘障碍是什么?

我不打算在这篇文章中对这个问题做出回答,因为这需要对整个托尔斯泰的艺术和思想进行批判性的审视。我只想说,困难可能——至少在一定程度上——源于这样一个事实:托尔斯泰本人并非没有意识到这个问题,并且尽可能地伪造了答案。我想提出的假设是,托尔斯泰天生是狐狸,但相信自己是刺猬;他的天赋和成就是一回事,而他的信仰,以及他对自己成就的解释,则是另一回事;因此,他的理想导致他,以及那些被他的话语天赋所吸引的人,对他和其他人正在做或应该做的事情产生了系统性的误解。关于他对这个问题的看法,没有人会抱怨他给读者设置了什么难题:他对这个问题的看法渗透在他所有的作品中——日记、记录下来的附带说明、自传体散文和故事、社会和宗教小册子、文学评论、私信和公开的信件。但是,他的为人和他的信仰之间的冲突在他的历史观中表现得最为明显,他的一些最精彩和最矛盾的篇章都致力于此。本文试图探讨他的历史学说,并考虑他持有这些观点的动机,以及一些可能的来源。简言之,本文试图像托尔斯泰希望读者认真对待历史一样,认真对待他对历史的态度,尽管原因有所不同——本文要把目光投向一位天才,而不是全人类的命运。

II

总的来说,托尔斯泰的历史哲学没有得到应

有的重视,无论作为一种天然具有吸引力的观点,还是作为思想史上的一个事件,甚至作为托尔斯泰自身发展的一个因素。[1] 那些主要把托尔斯泰当作小说家来看待的人,有时会把《战争与和平》中零散的历史和哲学段落看作对叙事的任意干扰,看作这位伟大而又固执己见的作家所特有的一种东拉西扯、令人遗憾的倾向,一种片面、自成一派的形而上学,没有什么内在的情趣,非常缺乏艺术性,与整部作品的目的和结构完全脱节。屠格涅夫发起了这场攻击,他觉得托尔斯泰的个性和艺术令人反感,尽管他晚年坦率而慷慨地承认托尔斯泰是一位天才作家。在给帕维尔·安年科夫[2]的

---

[1] 为了这篇文章的目的,我打算让自己的论述几乎仅限于《战争与和平》中所包含的明确的历史哲学,而忽略诸如《塞瓦斯托波尔故事集》(*Sevastopol Stories*)、《哥萨克人》(*The Cossacks*)、关于十二月党人的未出版小说的片段,以及托尔斯泰自己对这个问题的零星思考,除非它们和《战争与和平》所表达的观点有关。

[2] 1868年2月14日和4月13日的信件:I. S. Turgenev, *Polnoe sobranie sochinenii i pisem* (Moscow/Leningrad, 1960–1968), *Pis'ma*, vii 64, 122。

信中,屠格涅夫说托尔斯泰是个"江湖骗子",说他的历史研究是"闹剧",是"诡计",欺骗粗心大意的人,他的作品是"不学无术者"的卖弄,不足以代替真正的知识。他随即补充说,当然,托尔斯泰确实以非凡的艺术天才弥补了这个缺憾;然后他又指责托尔斯泰发明了"一种似乎能简单地解决所有问题的体系,例如历史宿命论:他骑上他喜欢的马出发了!只有回到人间,他才会像安泰俄斯(Antaeus)一样,恢复真正的力量"[1]。屠格涅夫在病榻上给他的老友兼论敌发去著名而感人的临终之言,其中也回响着同样的音符,屠格涅夫恳求他放弃先知的衣钵,回归真正属于他的职业——"俄罗斯大地上的伟大作家"[2]。福楼拜虽然对《战争与和平》的有些段落"赞不绝口",但他同样感到震

---

[1] I. S. Turgenev, *Polnoe sobranie sochinenii i pisem*, 122.
[2] 1883年6月29日给托尔斯泰的信,I. S. Turgenev, *Polnoe sobranie sochinenii i pisem*, xiii 180。

惊。"他唠唠叨叨,大谈哲学"[1],他在给屠格涅夫的信中写道。屠格涅夫给他寄去了这部杰作的法文版,此书当时在俄罗斯以外几乎不为人知。爱好哲学的茶商瓦西里·博特金是别林斯基的好友,他们经常通信,他对托尔斯泰颇有好感,在给诗人阿法纳西·费特的信中说,文学专家发现,

> 这部小说的知性因素非常薄弱,历史哲学琐碎而肤浅,否认个人性格对历史事件的决定性影响不过是故弄玄虚罢了,但除此之外,作者的艺术天赋是毋庸置疑的——昨天我举行了一次晚宴,丘特切夫也在,我只是重复大家说过的话。[2]

---

[1] "他唠唠叨叨,大谈哲学",1880 年 1 月 21 日的信件,Gustave Flaubert, *Lettres inédites à Tourguéneff*, ed. Gérard Gailly (Monaco, 1946), 218("赞不绝口",同上)。
[2] A. A. Fet, *Moi vospominaniya* (Moscow, 1890), part 2, 175.

刺猬与狐狸

当代历史学家和军事专家——其中至少有一位亲自参加过1812年的战役——经常抱怨书中描写的事实不准确。[1] 从那以后,人们提出确凿的证据,说明《战争与和平》的作者篡改历史细节[2],显然是有意为之,在充分了解现有原始资料,而且知道没有任何反证的情况下——他的篡改行为似乎

---

[1] 参见维特梅尔(非常受人尊敬的军事历史学家)的严厉批评:*1812 god v "Voine i mire": po povodu istoricheskikh ukazanii IV toma "Voiny i mira" grafa L. N. Tolstogo* (St Petersburg, 1869)。参见当代评论界日渐高涨的愤怒情绪:S. Navalikhin ("Izyashchnyi romanist i ego izyashchnye kritiki", Delo 1868 no. 6, "Sovremennoe obozrenie", 1–28);A. S. Norov ["'Voina i mir' (1805–1812) s istoricheskoi tochki zreniya i po vospominaniyam sovremennikov (po povodu sochineniya grafa L. N. Tolstogo:'Voina i mir'"], Voennyi sbornik 1868 no. 11, 189–246);A. P. Pyatkovsky ("Istoricheskaya epokha v romane gr. L. N. Tolstogo", Nedelya 1868:no. 22, cols 698–704;no. 23, cols 713–717;no. 26, cols 817–828)。纳瓦利欣参加了1812年的战役,尽管有些事实上的出入,但他的批评涉及一些实质性问题。作为文学批评家,后两位几乎毫无价值,但他们似乎不厌其烦地证实了一些相关事实。

[2] 参见 Viktor Shklovsky, *Mater'yal i stil' v romane L'va Tolstogo "Voina i mir"* (Moscow, 1928),不止一处,尤其是第七章和第八章。另见下文,第72页。

与其说是出于艺术的考虑，不如说是出于"意识形态"的目的。

这种历史和美学批评的共识似乎为后来几乎所有对《战争与和平》"意识形态"内容的评价奠定了基础。谢尔古诺夫至少直接抨击了作品中面对社会时的清净无为（quietism），他称之为"沼泽哲学"[1]；其他人很大程度上，要么礼貌地忽略这部作品，要么将其视为一种典型的失常现象，他们将其归结为众所周知的俄罗斯说教倾向（从而毁掉艺术作品），以及在远离文明中心的国家，年轻知识分子所特有的对一般思想的不成熟的迷恋。批评家尼古拉·阿赫沙鲁莫夫说："对我们来说幸运的是，比起思想家，这位作者是更好的艺术家。"[2]

---

[1] N. V. Shelgunov, "Filosofiya zastoya" (review of *War and Peace*), *Delo 1870* no. 1, "Sovremennoe obozrenie", 1-29.

[2] （字面意思是："幸运的是，这位作者……作为诗人和艺术家，比作为哲学家强一万倍。"）N. D. Akhsharumov, *Voina i mir, sochinenie grafa L. N. Tolstogo, chasti 1-4: razbor* (St Petersburg, 1868), 40.

刺猬与狐狸

在超过四分之三世纪的时间里,这种观点得到了大多数托尔斯泰批评家的赞同,无论俄罗斯的还是国外的,无论革命前的还是苏维埃时期的,无论"反动的"还是"进步的";那些认为他主要是作家和艺术家的人,或者认为他是先知和导师,认为他是殉道者、社会影响力、社会学或心理学"案例"的人,多数也赞同上述观点。沃居埃和梅列日科夫斯基、斯蒂芬·茨威格和珀西·卢伯克、比留科夫和西蒙斯,他们对托尔斯泰的历史理论都毫无兴趣,更不用说那些无足轻重的人了。研究俄罗斯思想的历史学家[1]倾向于将托尔斯泰的这一方面称为"宿命论",并转而研究列昂季耶夫或丹尼列夫斯基更有趣的历史理论。比较谨慎或谦虚的批评家不会走到这一步,而是以一种神经质的敬意对待"哲学"。就连德里克·莱昂——比大多数传记作者更认真地对

---

[1] 如伊林、雅科文科、津科夫斯基教授等。[被要求提供首字母缩写或名字(见索引)、标出具体的相关作品时,伯林回应说,相关的遗漏是故意的。雅科文科并没有教授职位。]

待托尔斯泰这个时期的思想——在详细阐述了托尔斯泰对主导历史的力量的思考,尤其是《战争与和平》叙事场景结束后的长篇尾声的第二部分之后,也仿效艾尔默·莫德,既不想评估这一理论,也没有将其与托尔斯泰此后的生活或思想联系起来。尽管如此,他的研究还是相当独特的。[1] 那

---

[1] 俄罗斯作家卡列耶夫和艾亨鲍姆,以及法国学者奥芒和阿尔伯特·索雷尔的作品提供了值得尊敬的例外。在专门讨论这个问题的文献中,我只知道两篇有价值的论文。第一篇是 V. N. Pertsev, "Filosofiya istorii L. N. Tolstogo", in *"Voina i mir": sbornik*, ed. V. P. Obninsky and T. I. Polner (Moscow, 1912), 129 - 153,在温和地批评了托尔斯泰的晦涩、夸张与前后矛盾之后,佩尔采夫迅速退回无伤大雅的泛泛而谈中。另一篇是 M. M. Rubinshtein, "Filosofiya istorii v romane L. N. Tolstogo, 'Voina i mir'", in *Russkaya mysl*', 1911 年 7 月, section 2, 78 - 103,在此文中,鲁宾施泰因有更多的论述,但我觉得最后什么也没有证实。阿诺德·本涅特的判断则截然不同,我在写这篇文章后了解到:"尾声的最后一部分充满了人们无法理解的高论。当然,用批评界的话来说,最好把它删掉。的确如此,只是托尔斯泰舍不得。这就是他写这本书的目的。" *The Journals of Arnold Bennett*, ed. Newman Flower (London etc., 1932 - 1933), ii (1911 - 1921) 62. 至于将托尔斯泰的历史观与各种近现代马克思主义者——考茨基、列宁、斯大林等——的历史观联系起来的不可避免的努力,是出于政治或神学的好奇心,而不是出于文学的好奇心。

些主要把托尔斯泰看作先知和导师的人,又将注意力集中在这位大师后来的学说上,这些学说是他在改变信仰之后,当他不再主要把自己视为作家,而把自己确立为人类的导师,即受人尊敬和崇拜的对象时提出的。托尔斯泰的一生通常分为两个不同的部分:首先是不朽之作的作者,然后是个人和社会复活的先知;首先是出身贵族的作家,难以相处甚至难以接近、有着诸多烦恼的天才小说家,然后是圣人——教条、乖戾、夸张,但有巨大的影响力,尤其在他自己的国家——具有独特重要性的世界名人。人们时常试图从他的晚年追溯他早年的根源,人们觉得他早年就充满了对自我舍弃的晚年生活的预感;他的晚年被认为很重要;人们从哲学、神学、伦理学、心理学、政治、经济等各个方面对晚年的托尔斯泰进行研究。

然而,这里肯定存在一个悖论。在创作《战争与和平》之前和创作期间,托尔斯泰对历史和历史真实问题的兴趣非常强烈,几乎到了痴迷的地步。读过他的日记和信件的人,或者读过《战争与和平》这部书的人,无论如何都不会怀疑,作者本人把历史真实视为整个问题的核心——小说围绕这个问题展开。"江湖骗子""肤浅""弱智"——当然,托尔斯泰是最不符合这些指责的作家。他也许偏执、任性、傲慢,也可能自欺欺人,缺乏自制,道德或精神上有缺陷——这一点他比他的敌人更清楚。但是智力低下,缺乏批判能力,有空虚的倾向,容易相信一些明显荒谬、肤浅的教条,从而不利于对生活做真实的描写或分析,迷恋某种时髦的理论,这种理论博特金或费特很容易看穿,唉,托尔斯泰却不能看穿——这些指控似乎荒谬得令人难以置信。至少在20世纪,没有一个头脑清醒的人想要否认托尔斯泰的智慧,否认他穿透任何传统伪装的惊人的能力。维亚泽姆斯基亲王正是凭借这种腐蚀性的怀疑主义,用否定论(netovshchina)的笔墨来抹黑《战争与和平》[1]——这种否

---

[1] P. A. Vyazemsky, "Vospominaniya o 1812 god", *Russkii arkhiv* 7 (1869), columns 181‑192, 01‑016, esp. 185‑187.

定论是虚无主义的早期版本,后来沃居埃和阿尔伯特·索雷尔自然而然地将这种虚无主义归于托尔斯泰。这里肯定有什么不对劲:托尔斯泰强烈地反历史,甚至反历史地拒绝一切从社会或个人成长、从过去的"根源"来解释或者证明人类行为或性格的努力;与此同时,他对历史又终生怀有兴趣,从而在艺术和哲学上取得了丰硕的成果,而这些成果却引起通常理智而富有同情心的批评家如此奇怪的轻蔑议论——这里肯定有值得注意的事情。

III

托尔斯泰很早就对历史产生了兴趣。这种喜好似乎不是出于对过去本身的兴趣,而是出于洞察最初成因(first causes)的愿望,即理解事情如何及为何这样而非那样发生。这种喜好出于对那些并不能给出解释而徒增烦恼的现行解释的不满,也出于质疑一切的倾向,如果需要的话,拒绝任何不能释疑解惑的东西,不惜一切代价,追根究底。这是托尔斯泰终其一生的态度,说不上什么"狡黠"或"肤浅"的症状。随之而来的是对具体的、经验的、可证实的东西无可救药的热爱,以及对抽象的、不可捉摸的、超自然的东西本能的不信任——简言之,他早期倾向于科学和实证方法,不喜欢浪漫主义、抽象的公式和形而上学。在任何情况下,他总是要寻找"确凿的"事实——寻找那些可以被正常智力所掌握和验证的东西,不受脱离有形现实的复杂理论的影响,也不受神学、诗学和形而上学等脱离尘世的奥秘的影响。他被每一代年轻人都面临的终极问题折磨,关于善与恶,宇宙及其居民的起源和目的,以及这一切发生的原因,但是神学家和形而上学家提供的答案使他觉得荒谬,哪怕只是因为用来表述这些答案的词语——这些词语与常识中的日常世界没有明显的联系,甚至意识到自己在做什么之前,他就固执地认为只有日常世界才是真实的。历史,只有历史,只有时间与空间中具体事件的总和——真实的男人与女人的实际经验,他们彼此之间的关系,以及他们与真正三维的、经验性的物理环境之间的关系,所有这些的总和——才包含真理,才是构建真正答案的材料,理解这些答案不需要普通人所不具备的特殊感觉或能力。

当然,正是这种实证探究的精神激励了18世纪那些伟大的反神学和反形而上学的思想家,托尔斯泰的现实主义和拒绝被影子迷惑的能力,使他在领会他们的学说之前,就自然而然地成了他们的信徒。和汝尔丹先生[1]一样,他早在知道散文之前就会说(spoke)散文了,从生命的开始到结束,他一直是先验主义的敌人。他成长于黑格尔哲学的鼎盛时期,黑格尔哲学试图从历史发展的角度解释所有事物,但认为这一过程最终不受实

---

[1] 汝尔丹(Jourdain)是法国作家莫里哀剧作《贵人迷》(*Le Bourgeois Gentilhomme*)中的人物。——译注

证研究方法的影响。他那个时代的历史决定论无疑影响了年轻的托尔斯泰,就像它影响了那个时代所有好奇的人一样。但托尔斯泰本能地拒绝形而上学的内容,在一封信中,他将黑格尔的著作描述为夹杂着陈词滥调、难以理解的胡言乱语。历史本身——可凭经验发现的数据的总和——是解开事情为何这样发生而非那样发生这一谜团的钥匙。因此,只有历史才能阐明困扰着他的基本伦理问题,这样的问题也困扰着19世纪每一位俄罗斯思想家。应该怎么办?人应该怎样生活?我们为什么在这里?我们必须成为什么,必须做什么?在托尔斯泰的思想中,对历史联系的研究和为这些该死的问题[1]提供经验性答案的需求融为一体,他早期的日记和书信生动地展示了这一点。

---

[1] "该死的问题"(proklyatye voprosy)这个说法在19世纪的俄罗斯已经成为陈词滥调,因为每个诚实的人,特别是每个作家,迟早都必须意识到这些核心的道德和社会问题,然后面临选择,要么投入战斗,要么背弃他的同胞,并意识到他对自己所做的事情负有责任。[虽然"voprosy"在19世纪30年代广泛用

刺猬与狐狸

在他早期的日记中,我们发现他试图将叶卡捷琳娜大帝的《训谕》(*Nakaz*)[1]与孟德斯鸠的文章进行比较,叶卡捷琳娜大帝声称,她的《训谕》基于孟德斯鸠。[2] 他读休谟、梯也尔[3],以及卢梭、斯特恩和狄更斯的作品。[4] 他痴迷这样一种思想,

---

于指代这些问题,但"proklyatye voprosy"这个特定短语似乎是1858年由米哈伊洛夫创造的,他在翻译海涅的诗《致拉撒路》(1853/1854)时用它来翻译"die verdammten Fragen",见"Stikhotvoreniya Geine", *Sovremennik* 1858 no. 3, 125; *Heinrich Heines Sämtliche Werke*, ed. Oskar Walzel (Leipzig, 1911-1920), iii 225。也有可能是米哈伊洛夫利用了一个事实,即一个现有的俄语表述与海涅的话非常吻合,但我还没有在更早的出版物中看到这一用法。——编者注]

1 叶卡捷琳娜大帝给立法专家的训示。
2 L. N. Tolstoy, *Polnoe sobranie sochinenii* (Moscow/Leningrad, 1928-1964)(以下为 T)xlvi 4-28 (1847年3月18—26日)。
3 L. N. Tolstoy, *Polnoe sobranie sochinenii*. 休谟:113, 114, 117, 123-124, 127 (1852年6月11—27日)。梯也尔:97, 124 (1854年3月20日,6月17日)。
4 L. N. Tolstoy, *Polnoe sobranie sochinenii*. 卢梭:126, 127, 130, 132-134, 167, 176 (1852年6月24日至1853年9月28日), 249 ("Journal of daily tasks", 3, 1847年3月)。斯特恩:82 (1851年8月10日), 110 (1852年4月14日)。狄更斯:140 (1852年9月1日)。

即哲学原理只有基于其在历史上的具体表现才能被理解。[1] "书写当代欧洲的真实历史:这是人一生的目标。"[2] 又或者,"树叶比树根更叫我们喜悦"[3],这其实是一种肤浅的世界观。但与此同时,一种强烈的失望感也开始出现,他觉得,历史,正如历史学家所写的那样,提出了它不能满足的要求,因为就像形而上的哲学一样,它假装成它不是的东西,也就是说,假装它是一门能够得出确定结论的科学。既然人们不能用理性的原则来解决哲学问题,他们就试图用历史的方法来解决。但历史是"一门最落后的科学——一门失去其正确目标的科学"。原因是,历史不会,也无法解决折磨每一代人的重大问题。在寻求这些问题的答案的过程中,随着时间的推移,人们不断积累有关事

---

[1] L. N. Tolstoy, *Polnoe sobranie sochinenii*,123(1852 年 6 月 11 日)。

[2] L. N. Tolstoy, *Polnoe sobranie sochinenii*,141-142(1852 年 9 月 22 日)。

[3] "Filosoficheskie zamechaniya na rechi Zh. Zh. Russo"(1847),T i 222. 下面两处引文也出现在这里。

实的知识:这仅仅是一种副产品,一种"附带问题"——这是一个错误——却被当作目的本身来研究。再说一次,"历史永远不会向我们揭示科学、艺术与道德、善与恶、宗教与公民美德之间有什么联系,以及什么时候有联系。它会告诉我们的是(但这是错误的)匈奴人来自哪里、住在哪里,谁为他们的权力奠定了基础,等等"。据其朋友纳扎列夫说,托尔斯泰1846年冬天对他说:"历史……不过是一些寓言和无用的琐事,混杂着一大堆不必要的数字和专有名词。伊戈尔(Igor)之死,咬了奥列格(Oleg)的那条蛇——这一切难道不是无稽之谈吗?谁想知道伊凡(Ivan)的第二次婚姻是1562年8月21日与捷姆留克(Temryuk)的女儿结婚,而他的第四次婚姻是1572年与安娜·阿列克谢耶夫娜·科尔托夫斯卡娅(Anna Alekseevna Koltovskaya)结婚……?"[1]

---

[1] V. N. Nazar'ev, "Lyudi bylogo vremeni", *L. N. Tolstoi v vospominaniyakh sovremennikov* (Moscow, 1955), i 52.

历史不能揭示原因,它呈现的只是一连串无法解释的事件。"一切都被强行纳入历史学家发明的标准模式中。伊万诺夫教授讲述的沙皇恐怖的伊凡,1560年之后突然从贤明的人变成疯狂残忍的暴君。怎么回事?为什么?——你甚至不能问……"[1]半个世纪后的1908年,他对古谢夫说:"如果历史是真实的,那将是一件极好的事情。"[2]历史可以(也应该)成为科学,这种观点在19世纪是老生常谈;但是,将"科学"一词理解为自然科学,然后问自己历史能否在这种特定意义上转化为一门科学的人并不多。最强硬的态度来自奥古斯特·孔德,他追随导师圣西门,试图把历史变成社会学,其奇异的后果,我们无须赘述。在所有思想家中,卡尔·马克思也许是最认真对待这一纲领的人。他进行了大胆的尝试,试图发现支配历史进化的一般规律,这些规律是基于当时生物学

---

[1] V. N. Nazar'ev, "Lyudi bylogo vremeni", 52-53.
[2] N. N. Gusev, *Dva goda s L. N. Tolstym*… (Moscow, 1973), 188.

和解剖学的诱人类比而构想出来的,并得到了达尔文新的进化理论的成功改造。就像马克思一样,托尔斯泰(他写《战争与和平》时,显然对马克思一无所知)清楚地看到,如果历史是一门科学,就肯定能发现并形成一套真正的历史规律,这些规律与经验性观察的数据相结合,将使对未来的预测(以及对过去的"回溯")变得像地质学或天文学一样行之有效。但事实上,他似乎清楚地看到,这一目标并没有实现,他以一贯的独断风格坦率地说了出来,并用一些论证来强化他的观点,旨在表明实现这一目标的前景是不存在的。他观察到,这一科学希望的实现将终结我们所知的人类生活,由此阐明这个问题:"如果我们承认人类生活可以被理性支配,那么生活的可能性(即作为一种涉及自由意志的意识的自发活动)就被摧毁了。"[1]

---

[1] *War and Peace*, epilogue, part 1, chapter 1 (end), T xii 238; Leo Tolstoy, *War and Peace*, trans. Louise and Aylmer Maude (London, 1942: Macmillan)(以下为 W)1248。(莫德对文本的细分在其翻译版本中各不相同,也与 T 文本不同,因此对 W 文本的引用仅按页给出。)

但是,使托尔斯泰感到沮丧的不仅是历史的"不科学"性质——无论历史研究的方法多么严谨,都不可能发现哪怕最落后的自然科学所需要的那种可靠的规律。他还认为,历史研究中,材料的选择显然是武断的,重点的分布也是如此,他无法为自己辩护,而似乎所有的历史写作都注定如此。他抱怨说,虽然决定人类生活的因素是多种多样的,历史学家却只从中选择某个方面,比如政治或经济,并将其视为社会变革主要的、有效的原因。但是,宗教、"精神"因素,以及所有事件都具有的许多其他方面——实际上是无数的多样性——又如何呢?我们怎么能不得出这样的结论——现存的历史,正如托尔斯泰所说,"也许只占实际上构成人类历史的因素的千分之一"?历史,正如它通常呈现的那样,往往把"政治"(公共的)事件作为最重要的代表,而精神的("内在的")事件很大程度上被遗忘了。然而初步看来,它们——"内在的"事件——才是人类最真实、最直接的经验。它们,也只有它们,才是构成生活的终极因素。因此,传统的政治历史学家都在说些肤浅的废话。

在整个19世纪50年代,托尔斯泰始终痴迷于写一部历史小说,他的主要目的之一是将个人和群体生活的"真实"质感与历史学家呈现的"不真实"画面进行对比。在《战争与和平》一书中,我们一再看到,"现实"——"真正"发生的事情——与具有扭曲作用的媒介形成尖锐对比:官方提供给公众的叙述所呈现的现实是被扭曲的,事实上,当事人自己的回忆也是被扭曲的——最初的记忆现在已经被他们自己不忠实的心智(必定不忠实,因为存在自动合理化和形式化)所粉饰。托尔斯泰总是将《战争与和平》中的人物置于这种境遇,使上述情况变得尤为明显。

在奥斯特里茨战役中,尼古拉·罗斯托夫(Nikolay Rostov)看见伟大的军人巴格拉季翁公爵和他的侍从骑马向舍恩格拉本(Schöngrabern)

村驰去，敌人正向那里进攻。他和幕僚，还有带着消息飞奔而来的军官，以及其他所有人，都不知道，也不可能知道到底发生了什么，在哪里发生，为什么发生。巴格拉季翁的出现，无论在事实上，还是在俄罗斯军官的头脑中，都没有使这场混乱的战斗变得清晰。然而，他的到来让他的下属们感到振奋。他的勇气，他的镇定，他的存在，造成了一种错觉，他自己是错觉的第一个受害者，也就是说，发生的事情某种程度上与他的战术，与他的计划有关，某种程度上，是他的权威引导着战斗的进程。而这反过来又对他周围的士气产生了显著的影响。以后要写的报道，必然把俄罗斯方面的一切行动和事件都归因于他与他的性情。荣誉或耻辱，胜利或失败，都将属于他，虽然每个人都清楚，他对战斗行为和结果的影响要小于那些卑微的无名小卒，他们至少进行了实际的战斗，即互相射击、伤害、杀戮、前进、后退等。

安德烈公爵在博罗季诺受了重伤，他也清楚

地知道这一点。更早的时候,他努力见识那些似乎在引导俄罗斯命运的"重要"人物的时候,就开始了解这一真相了。然后,他逐渐相信,亚历山大的主要顾问、著名的改革家斯佩兰斯基,以及他的朋友,甚至亚历山大本人,都在系统地欺骗自己,他们认为他们的活动,他们的言论、备忘录、法令、决议、法律等,是引起历史变化和决定人类及民族命运的动力因素;然而事实上,它们什么都不是,是这些人在虚空中妄自尊大罢了。于是托尔斯泰得到了一个著名的悖论:在权力的金字塔中,军人或政治家地位越高,离底层就越远,底层是由那些平凡的男女组成的,他们的生活是历史的真实材料;因此,那些离底层越远的人物的言行对历史的影响就越小,尽管他们在理论上拥有权威。

在一篇关于1812年莫斯科状况的著名文章中,托尔斯泰指出,从莫斯科大火后俄罗斯的英雄壮举来看,人们可能会推断,它的居民完全投身于自我牺牲的行为——拯救他们的国家或哀悼它的毁灭,满怀英雄主义、殉难、绝望的情绪——但事实并非如此。人们忙于追逐个人利益。那些从事日常事务,没有英雄情怀,也不认为自己是灯火通明的历史舞台上的演员的人,对他们的国家和社会是最有用的;而那些试图掌握事件的总体进程并希望参与历史的人,那些做出令人难以置信的自我牺牲行为或英雄主义行为且参与重大事件的人,则是最无用的。在托尔斯泰看来,最糟糕的是那些喋喋不休的人,他们指责对方做了"事实上没有人应该对此负责"的事;这是因为,"没有任何地方像在历史进程中那样,清楚地写着不许品尝知识之树果实的诫命。只有无意识的活动才会产生结果,而在历史事件中扮演角色的个人永远不会理解它们的意义。他如果试图理解它们,就会感到无能为力"。[1] 试图用理性的手段去"理解"任

---

[1] *War and Peace*, vol. 4, part 1, chapter 4(开篇),T xii 14;W 1039-1040。

何事情都注定会失败。皮埃尔·别祖霍夫(Pierre Bezukhov)在博罗季诺战场上"迷失"了方向,他四处游荡,寻找他想象中的某种场景:历史学家或画家描绘的一场战斗。但他看到的只是普通人在随意满足这样或那样的需求时所表现出的常见困惑。[1] 无论如何,这个场景是具体的,没有被理论和抽象所污染;因此,比起那些相信事件遵循一套可被发现的法则或规则的人,皮埃尔更接近事件发展的真相——至少在人们看来是这样。皮埃尔看到的只是一连串"意外事件",这些事件的起因与结果大体上是无法追查和预测的;它们只是松散地串起来的一组事件,形成一种不断变化的模式,没有明显的顺序。任何声称能感知可用"科学"公式解释的模式的说法都必然是虚假的。

托尔斯泰最尖刻的嘲弄,最具破坏性的讽刺,

---

[1] 这方面和司汤达《巴马修道院》的关系,参见 *Paul Boyer (1864-1949) chez Tolstoï: entretiens à Iasnaïa Poliana* (Paris, 1950), 40。

针对的是以官方专家自居来操弄人类事务的那些人，在书中则指西方军事理论家——普弗尔将军，或者贝尼格森将军和保卢奇将军，他们在德里萨会议（Council of Drissa）上说着同样的废话，不管他们是捍卫还是反对某一特定的战略或战术理论。这些人肯定是骗子，因为没有任何理论能够解释多种多样的人类行为，解释历史试图记录的形成人与自然相互作用的无数微小甚至无法发现的原因和结果。那些假装能够在他们的"科学"法则中收纳这种无限多样性的人，要么是居心叵测的骗子，要么是骑上瞎马的盲人。因此，最严厉的评判是留给理论大师——伟大的拿破仑本人的，他采取行动，并使别人乐于相信这种假设：他通过超群的智慧，或灵光一现的直觉，或者通过成功并正确回答历史提出的问题，来理解和控制事件。口气越大，谎言越大，因此，拿破仑是这场大悲剧中最可怜、最可鄙的一个演员。

因此，这就是托尔斯泰试图揭示的一个巨大

幻觉：个人可以利用自己的资源，理解和控制事件的进程。那些相信这种能力的人被证明是大错特错。与这些公众人物（这些虚伪的人，或自欺欺人，或有意行骗，他们绝望地、漫无目的地说话和写作，以维持表象，逃避惨淡的真相）并行的，与所有这些用来掩盖人类的无能为力、无足轻重和盲目无知的精密机器并行的，是真实的世界，是人们所理解的生活之流，是对日常生活中平凡细节的关注。当托尔斯泰将这种真实的生活——个人真实的、日常的、"鲜活的"经历——与历史学家描绘的全景图进行对比时，他很清楚哪个真实，哪个虽然连贯，有时被精心设计，但总是虚构的。托尔斯泰也许是第一个提出如此指责的名人，而弗吉尼亚·伍尔夫（托尔斯泰在几乎所有其他方面都与她截然不同）半个世纪后把她那一代的公众预言家——萧伯纳、威尔斯和阿诺德·本涅特——指责为盲目的唯物主义者。这些唯物主义者并不了解生活到底是由什么组成的，他们把生活外部的偶然事件，即存在于个体灵魂之外的不重要的方面——所谓的社会、经济、政治现实——误认为唯一真实的东西,殊不知,个人经验,个人与他人的特殊关系,颜色、气味、情趣、声音和动作,嫉妒、爱、恨、激情,难得的灵光一现,改变人生的瞬间,连续不断的日常的私人细节,这些构成了一切——这些都是现实。

那么,历史学家的任务是什么呢?描述主观经验的终极材料——人类的个人生活,"思想、知识、诗歌、音乐、爱情、友谊、仇恨、激情"[1],对托尔斯泰来说,"真实的"生活是由这些组成的,仅此而已?屠格涅夫坚持将这个任务赋予托尔斯泰——他和所有的作家,尤其是他,因为这是他真正的天才所在,是他作为一个伟大的俄罗斯作家的命运所在。而甚至在中年时期,在最后的宗教阶段之前,托尔斯泰也愤愤不平地拒绝了这个任务。因为这不是要回答什么是存在,以及存在为何与如何产生和消逝的问题,而是要把这完全抛在脑后,

---

[1] *War and Peace*, vol. 2, part 3, chapter 1, T x 151; W 453.

扼杀发现人们如何在社会中生活、如何相互影响、如何受环境影响、达到何种目的的欲望。这种艺术的纯粹主义——由福楼拜在他那个时代宣扬——这种对个人经历、人际关系、问题和内心生活的分析与描述的专注(后来由纪德及受他影响的作家在法国和英国倡导并实践),让他觉得既琐碎又虚假。他毫不怀疑自己在这门艺术上的高超技艺,或者说,正是因为这一点,他才受到人们的钦佩;而他坚决地谴责这种艺术。

在创作《战争与和平》时写的一封信中,他苦涩地说,他毫不怀疑,公众最希望看到的是他小说中的社会和个人生活的场景,他笔下的女士们和先生们,他们的小诡计、有趣的谈话,以及被精彩描述的小癖好。[1] 但这些都是生活中微不足道的"花朵",而不是"根基"。托尔斯泰的目的是发现

---

[1] 参照他为莫泊桑的一个译本所做的充满说教的著名介绍,尽管如此,莫泊桑的天才还是让他钦佩不已:"Predislovie k sochineniyam Gyui de Mopassana"(1893-1894),T xxx 3-24。他对萧伯纳的评价要差得多,他称萧伯纳的社会性言论迂腐,是陈词滥调(1908年1月31日的日记,T lvi 97-98)。

真理,因此,他必须知道历史是由什么组成的,并且只能重建历史。历史显然不是一门科学,而假装是科学的社会学则是一种骗局;真正的历史规律未被发现,而现在使用的概念——"原因""意外""天才"——什么也解释不了,它们只是无知的伪装。为什么事件(我们称其总和为历史)会这样发生呢?一些历史学家将事件归因于个人行为,但这不是答案,因为他们并没有解释这些行为如何"导致"人们声称由它们"导致"或"引发"的事件。

有一段话是托尔斯泰想用辛辣的讽刺来戏仿他那个时代的一般历史教科书,这段话很典型,值得全文引用:

> 路易十四是一个非常骄傲和自信的人。他有很多情妇、很多大臣,他把法国统治得很糟糕。路易十四的继承人也很软弱,他们对法国的统治也很糟糕。他们也有很多宠儿、很多情妇。除此之外,当时还有一些人在写

书。到18世纪末,在巴黎聚集了二十几个人,他们开始主张所有人都是自由平等的。因此,在整个法国,人们开始互相残杀,互相毁灭。这些人杀了国王和其他许多人。这时,法国出现了一个天才——拿破仑。他征服了很多人,也就是说,他杀了很多人,因为他是个伟大的天才;出于某种原因,他去杀非洲人,而且杀得很厉害,又那么聪明和狡猾,以至于抵达法国后,他命令每个人都服从他,他们也照做了。当上皇帝后,他又去屠杀意大利、奥地利和普鲁士的广大民众。在那里他杀了许多人。当时俄罗斯有皇帝亚历山大,他决定重建欧洲秩序,因此与拿破仑开战。但是1807年,他突然和拿破仑成了朋友,1811年又和拿破仑吵架,他们俩又开始杀很多人。拿破仑率领六十万人来到俄罗斯,攻占了莫斯科。但后来他突然逃离了莫斯科,然后亚历山大在施泰因和其他人的建议下，联合欧洲，组建了一支军队来对付这个破坏和平的人。拿破仑的所有盟友突然都成了他的敌人；这支军队向重新集结了兵力的拿破仑进军。反法联军战胜了拿破仑，进入巴黎，迫使拿破仑退位，并把他流放到厄尔巴岛（Elba），但没有剥夺他的皇帝头衔，并对他表示敬意，尽管五年前和一年后，每个人都认为他是个强盗，横行不法。在此之前，路易十八一直是法国人和同盟国民众的笑柄，现在他开始统治法国。至于拿破仑，泪别了老近卫军之后，放弃王位，流亡海外。后来，精明的政治家和外交家，特别是塔列朗——他比任何人都更早坐上那把著名的扶手椅[1]，从而扩大了法国的疆域——在维也纳会谈，会谈中有的国家高兴，有的国家郁闷。突然，外交

---

[1] 某种形状的帝国风格椅子，至今在俄罗斯仍被称为"塔列朗扶手椅"。

官和君主们几乎翻脸。他们几乎准备再次命令他们的军队互相残杀;但就在此时,拿破仑带着一支军队返回法国,憎恨他的法国人立刻向他效忠。但这激怒了同盟国的君主,他们再次与法国开战。天才拿破仑被打败,被带到圣赫勒拿岛(St Helena),因为人们突然发现他是个亡命之徒。于是,这位流亡者离开了他的亲人和他心爱的法国,在海岛上慢慢死去,把他的伟大事迹留给了子孙后代。至于欧洲,那里发生了变化,所有的君主再次开始虐待他们的臣民。

托尔斯泰继续说:

> 新的历史就像一个聋子回答没有人向他提出的问题。……首要的问题……是:什么力量左右着人们的命运?……历史似乎预设,这种力量是理所当然的,是每个人都熟悉

> 的，然而，尽管我们很想承认这种力量是我们所熟悉的，但任何读过大量历史著作的人都不禁怀疑，不同历史学家以不同方式理解的这种力量，实际上并非每个人都很熟悉。[1]

他接着说，以这种方式写作的政治史学家什么也解释不了：他们只是把事件归因于重要人物用来控制他人的"力量"(power)，但没有告诉我们"力量"一词的含义，然而这是问题的核心。历史运动的问题与一些人控制另一些人的"力量"直接相关。但什么是"力量"？一个人如何获得力量？力量可以由一个人转给另一个人吗？这里所说的肯定不仅仅是体力吧？也不仅仅是道德力量？拿破仑有这两种力量吗？

与国别史学家相对的世界通史学家，在托尔

---

[1] *War and Peace*, epilogue, part 2, chapter 1, T xii 298-300; W 1307-1309.

斯泰看来,似乎只是扩展了力量这一范畴,而没有加以说明。通史不是介绍一个国家或民族,而是介绍许多国家或民族,但神秘"力量"(forces)相互作用的景象并没有更清楚地说明,为什么有些人或民族服从别的人或别的民族,为什么会发生战争,为什么会取得胜利,为什么无辜者相信谋杀是邪恶的,却热衷于互相残杀,并因此获得荣耀,为什么会发生大规模的人口流动,有时从东向西,有时相反。托尔斯泰尤其对提到伟人或思想的主导影响感到恼火。我们被告知,伟人是他们那个时代的社会运动的代表人物,因此研究他们的性格可以"解释"那个时代的社会运动。狄德罗或博马舍的性格是否"解释"了西方对东方的侵略?恐怖的伊凡给库尔布斯基王子的信能否"解释"俄罗斯向西的扩张?但文化史学家也做得并不好,因为他们只是附加了一种叫作观念或书籍的"力量"的东西,虽然我们仍然不知道"力量"这类词是什么意思。但是,为什么拿破仑,或者斯塔尔夫人,或者施泰因伯爵，或者沙皇亚历山大，或者所有这些人，再加上《社会契约论》，会"导致"法国人互相砍头或残杀？为什么这被称为"解释"？至于文化史学家重视观念，毫无疑问，是因为所有人都容易自卖自夸。观念是知识分子交易的商品——对鞋匠来说，没有比皮革更好的东西了——教授们则倾向于将他们的个人活动放大为统治世界的核心"力量"。托尔斯泰补充说，政治理论家、道德家和形而上学家给这个问题蒙上了更浓重的阴影。例如，一些自由主义者兜售的著名的社会契约概念，谈到将许多人的意志或权力"授予"一个人或一群人，但这种"授权"是什么样的行为呢？它可能具有法律或道德意义，它可能与应该被允许或禁止的东西有关，与权利和义务或好和坏的世界有关，但它作为对君主如何积累足够的"权力"——就好像它是一种商品——使他能够实现这个或那个结果的事实性解释，则毫无意义。它宣称权力的授予使人的权力变强大；但这种无谓的重复并不能说明问题。

刺猬与狐狸

什么是"权力",什么是"授予"?是谁授予,又是如何授予的?[1] 这个过程似乎与自然科学所讨论的过程大不相同。授予是一种行为,却是一种难以理解的行为;授予权力、获得权力、使用权力,与吃喝、思考或行走完全不同。我们仍然处于黑暗之中:以晦涩解释晦涩。[2]

在推翻了法学家、道德家和政治哲学家——其中包括他喜欢的卢梭——之后,托尔斯泰致力于推翻自由主义的历史理论,根据这种理论,一切都可能取决于看似无关紧要的偶然事件。因此,他在书中固执地试图证明:拿破仑对博罗季诺战役的实际情况所知甚少,就像最下级的士兵一样;

---

[1] 前面(第16页,注释1,80ff.)提到的托尔斯泰的俄罗斯批评家鲁宾施泰因说,每门科学都使用一些未经分析的概念来解释哪些是其他科学的事务;而"权力"恰好是无法解释的重要历史概念。但托尔斯泰的观点是,没有其他科学可以"解释"它,因为正如历史学家所使用的那样,它是一个毫无意义的术语,不是一个概念,什么都不是——vox nihili(虚无之声)。

[2] "以晦涩解释晦涩"(obscurum per obscurius),即用更晦涩的东西来解释晦涩的东西。

他在战役前夕感冒一事——历史学家们对此议论甚多——不会造成什么明显的影响。他极力证明,只有指挥官下达的、碰巧与后来实际上发生之事吻合的那些命令或决定,现在看来才特别重要(并被历史学家集中研究);而许多其他完全相似、完全正确的命令和决定,对当时发布它们的人来说,似乎同样至关重要,却被遗忘了,因为事态的不利变化导致它们没有——无法——被执行,因此现在它们在历史上就显得不重要。

在抛弃英雄史观之后,托尔斯泰更勇猛地转向社会科学。社会科学声称发现了历史规律,但社会科学不可能发现任何规律,因为历史事件发生的原因太多了,人类无法了解或计算。我们知道的事实太少了,我们随意地根据自己的主观倾向来选择事实。毫无疑问,如果我们无所不知,我们也许能够像拉普拉斯[1]理想的观察者那样,画

---

[1] 拉普拉斯(1749—1827),法国天文学家。——译注

出历史长河中每一滴水的轨迹,但当然,我们无知得可怜,与那些未知的和不可测的(托尔斯泰极力强调这一点)领域相比,我们的知识领域渺小得令人难以置信。自由意志是一种无法摆脱的幻觉,但正如伟大的哲学家所说,这不过是一种幻觉,完全源自对真正原因的无知。我们对某一行为发生的环境了解得越多,该行为在时间上离我们越远,我们就越难以想象其后果不存在;一种事实在我们生活的现实世界中嵌入得越牢固,我们就越无法想象,如果发生了不同的事情,情况会怎么样。因为到目前为止,这似乎是不可避免的:否则,我们的世界秩序就会被打乱。我们将某个行为与其环境联系得越紧密,当事人似乎就越不自由,对其行为的责任就越少,我们就越不愿意追究他的责任或加以谴责。我们永远不能找出所有的原因,把所有的人类行为与制约它们的环境联系起来,但这一事实并不意味人的行为是自由的,只是我们永远无法知道它们具有怎样的必然性。

托尔斯泰的中心论点(在某些方面,这与同时代卡尔·马克思关于资产阶级不可避免的"自我欺骗"的理论没有什么不同,只不过马克思认为只有某个阶级才会有的这种现象,托尔斯泰几乎在全人类身上都看到了)是有一种自然法则,人类的生命与自然的生命一样是由它决定的;但是,人们无法面对这一不可阻挡的过程,企图把它说成一连串的自由选择,把发生的事情归因于那些被他们赋予英雄美德或恶行、被他们称为"伟人"的人。什么是伟人?他们是普通的人类,因无知和虚荣,敢于承担社会生活的责任,他们宁愿为所有以他们的名义发生的残忍、不公正和灾难承担责任,也不愿承认自己在宇宙洪流中的无足轻重和无能为力,宇宙洪流则不顾他们的意愿和理想继续前进。这是(托尔斯泰擅长的)那些段落的中心思想,在这些段落中,作者描述了历史事件的实际过程,伴随着以自我为中心的荒谬解释,这些解释是那些自视甚高的人必然做出的;还有那些对顿悟的精彩描述,在这样的时刻,只有那些谦卑地认识到自己渺小和无足轻重的人,才会明白人类状况的真相。这也是那些哲学性段落的目的,在这些段落中,作者使用了比斯宾诺莎更激烈的语言,但意图与他相似:揭露伪科学的谬误。

有一个特别生动的比喻[1],将伟人比作牧羊人正在养肥待宰的公羊。因为公羊慢慢长肥了,也许还被当作领头羊,它也很容易认为自己是羊群的领袖,其他的羊去哪里都完全服从它的意愿。它这么想,羊群可能也这么想。然而,它被选中并不是为了它自认为要扮演的角色,而是为了被屠宰——一个由人类构想出来的目的,它和其他的羊都无法理解。在托尔斯泰看来,拿破仑就是这样一头公羊,亚历山大某种程度上也是如此。的确,正如一位敏锐的文学史家所指出的那样[2],托尔斯泰有时似乎故意忽略历史证据,而且不止一

---

[1] *War and Peace*, epilogue, part 1, chapter 2, T xii 239; W 1249.
[2] 参见 V. B. Shklovsky, op. cit.(第13页,注释2), chapters 7 and 8; K. Pokrovsky, "Istochniki romana 'Voina i mir'", in Obninsky and Polner, op. cit.(第16页,注释1), 113-128。

次有意识地歪曲事实,以支持他最喜欢的论点。

库图佐夫的性格就是一个很好的例子。像皮埃尔·别祖霍夫或普拉东·卡拉塔耶夫(Platon Karataev)这样的人物至少是虚构的,托尔斯泰有无可争议的权利赋予他们他所欣赏的所有特质——谦逊,摆脱官僚主义、科学或其他理性主义的盲目。但库图佐夫是个真实存在的人,观察托尔斯泰如何把他从《战争与和平》初稿(根据真实资料写成)中狡猾、年老、虚弱、好色、腐败、有点谄媚的朝臣,转变成纯朴睿智的俄罗斯人民令人难忘的象征,就更有意思了。在著名的段落——文学史上最动人的段落之一——中,托尔斯泰描述库图佐夫老人在莱塔舍夫卡(Letashevka)的营地被叫醒,得知法国军队正在撤退的那一刻。读到这一段落时,我们便把事实抛在脑后,置身于一个想象的世界,一种历史和情感的氛围中,在其中,证据是脆弱的,但在艺术上,这对托尔斯泰的构思不可或缺。托尔斯泰一再宣称他对追求真相的神圣事业始终不渝,但库图佐夫最后的神化完全不符合历史。

在《战争与和平》中,只要对他有利,托尔斯泰就会倨傲地对待事实,因为他非常痴迷于将两者进行对比:一方面,是对自由意志、责任感、一般的私人生活价值观等非常重要但虚幻的普遍体验;另一方面,则是不可阻挡的历史决定论的现实,这种决定论确实不是直接体验到的,但在无可辩驳的理论基础上被认为是正确的。这反过来又对应了一种痛苦的内心冲突,就托尔斯泰而言,这是公共和私人两种价值体系之间的诸多冲突之一。一方面,如果个人和历史学家的一般价值观最终依据的那些感觉与直接经验不过是一种巨大的幻觉,那么,以真理的名义,必须无情地证明这一点,揭露并质疑源自这种幻觉的价值观和解释。某种意义上,托尔斯泰确实试图做到这一点,尤其是在他进行哲学思考的时候,包括小说中宏大的公共场景、战争片段、对民众运动的描述,以及形而上学的研究。但另一方面,当他将个人经验的崇高价值与公共生活的全景进行对比时,当他将个人生活具体而丰富多彩的现实与科学家或历史学家的苍白抽象进行对比时,他做了完全相反的事情,特别是历史学家,"从吉本到巴克尔"[1],他严厉地谴责他们将自己空洞的范畴误认为真正的事实。然而,这些私人经历、人际关系和美德的重要性,是以这样一种人生观为前提的,这种人生观具有个人责任感、对自由和自发行动的可能性的信仰,《战争与和平》中最精彩的篇章都致力于此,而这正是面对真理时需要驱除的幻觉。

这种可怕的困境始终没有得到解决。有时,就像《战争与和平》最后部分面世之前[2],托尔斯泰对自己的意图所做的解释一样,他摇摆不定。当个人独自行动时,他"某种意义上"是自由的,因

---

[1] *War and Peace*, epilogue, part 2, chapter 1, T xii 297; W 490.
[2] "Neskol'ko slov po povodu knigi: 'Voina i mir'" (1868), T xvi 5–16.

此，当他举起手臂，就身体而言，他是自由的。但是，一旦卷入与他人的关系中，他就不再自由，他是不可阻挡的潮流的一部分。自由是真实的，但它只限于琐碎的行为。有时，甚至连这种微弱的希望之光也会熄灭：托尔斯泰宣称，宇宙法则中哪怕很小的例外他也难以承认；因果决定论要么无处不在，要么什么都不是，混乱主宰一切。人们的行为似乎不受社会关系的束缚，但他们并不自由，也不可能自由，他们是社会关系的一部分。科学不能摧毁自由意识，没有自由就没有道德和艺术，但是科学可以拒斥自由意识。"力量"和"意外"只是对因果链的无知的称呼，但无论我们是否感觉到，因果链都是存在的。幸运的是，我们没有感觉到；因为如果我们感觉到它们的重量，我们就几乎无法行动；幻觉的丧失将使我们幸福而无知的生活陷于瘫痪。但岁月静好，因为我们永远不会发现起作用的所有因果链：这类原因的数量无限大，原因本身则无限小；历史学家只选了因果关系中极小的一部分，然后把一切都归因于任意选择的这部分。理想的历史科学该如何运作？通过使用一种微积分，通过这种"微分"(differential)，无限小(infinitesimals)——无限小的人类和非人类的行为及事件——将被整合在一起，这样，历史的连续统一体(continuum)就不会再被分解成任意的片段而遭到扭曲。[1] 托尔斯泰用他一贯简单、生动、精确的语言，极其清晰地表达了这种用无限小进行计算的概念。亨利·柏格森以实在论闻名，他认为实在是一种流动，被自然科学人为地割裂，因此被扭曲，被剥夺了连续性和生命力，他提出了一个与托尔斯泰非常相似的观点，但篇幅要长得多，不那么清晰，不那么可信，而且使用了不必要的术语。

这不是一种神秘主义或直觉主义的人生观。我们对事物如何发生一无所知，不是由于最初成因天然不可接近，而是由于这种成因的多样性，其

---

[1] *War and Peace*, vol. 3, part 3, chapter 1, T xi 264 - 267; W 909 - 911.

最终单位的微小,以及我们自己无法看到、听到、记住、记录和协调足够多的可用材料。对经验性的存在来说,无所不知原则上是可能的,但当然,这在实践中无法实现。仅此一点,而不是什么其他更深刻或更有趣的东西,是人类妄自尊大的根源,是我们所有痴心妄想的根源。我们实际上并不自由,但如果没有对自由的信念,我们就无法生活,那么我们该怎么办呢?托尔斯泰没有得出明确的结论,只是在某些方面,他的观点与伯克[1]类似,即意识到我们对世事的理解——如我们实际上理解的那样——就像那些未经理论污染、未被科学权威扬起的尘土蒙蔽的自主、正常、单纯的人对生活的理解一样,比试图颠覆这种至少经过长期经验检验的常识性信念要好得多,而那些建立在极不充分的数据基础上的伪科学,不过是一个

---

[1] 埃德蒙·伯克(1729—1797),爱尔兰裔英国政治家、思想家,反对英王乔治三世和英国政府,支持美国革命,后来对法国大革命持批判态度。——译注

陷阱和一种错觉。这就是为什么他反对各种形式的乐观理性主义、自然科学、自由派的进步理论、德国军事技术、法国社会学，以及各种自以为是的社会工程。这就是为什么他创造了库图佐夫，这位库图佐夫遵从他那种纯朴的、俄罗斯的、天真的本能，轻视或忽视德国、法国和意大利的专家；这也是为什么库图佐夫被提升到民族英雄的地位，此后他一直保持着这个地位，一定程度上正是由于托尔斯泰对他的描写。

1868年，《战争与和平》的最后一部分刚面世，阿赫沙鲁莫夫就指出：托尔斯泰笔下的人物都是真实的，而不仅仅是难以理解的命运手中的棋子[1]；另外，作者的理论很别致，但无关紧要。这仍然是俄罗斯文学批评家的普遍观点，很大程度上，外国文学批评家也是如此。俄罗斯左翼知识分子抨击托尔斯泰"对社会漠不关心"，贬低一切

---

[1] op. cit. (8/2), 34, 40.

高尚的社会冲动,认为这是无知和愚蠢的偏执狂的混合体,以及一种"贵族式"的玩世不恭,将生活当作一片无法开垦的沼泽。正如我们所看到的,福楼拜和屠格涅夫认为哲学化的倾向本身就是不幸的。唯一认真对待这种学说并试图提供理性反驳的批评家是历史学家卡列耶夫。[1] 他耐心而温和地指出,尽管个人生活的现实与社会蚁丘的生活之间的对比可能令人着迷,但托尔斯泰的结论并不适用。诚然,人既是一个原子,"为自己"过着有意识的生活,同时也是某种历史趋势的无意识代理人,在由大量这样的元素组成的庞大整体中,他是一个相对微不足道的元素。卡列耶夫告诉我们,《战争与和平》是"一首关于人类生活两重性哲学主题的史诗"[2]——托尔斯泰的抗议是完全正确

---

[1] N. I. Kareev, "Istoricheskaya filosofiya v 'Voine i mire'", *Vestnik Evropy* 22 no. 4 (1887 年 7—8 月), 227 - 269.

[2] N. I. Kareev, "Istoricheskaya filosofiya v 'Voine i mire'", 230; 参见 *War and Peace*, vol. 3, part 1, chapter 1, T xi 16; W 665 ("每个人的生活都有两面性")。

的,他认为历史不是由天真的历史学家所假定的"力量"或"精神活动"之类的模糊实体结合而产生的。事实上,在卡列耶夫看来,当托尔斯泰谴责那些形而上的作家倾向于理想化或将因果效应归于"英雄""历史力量""道德力量""民族主义""理性"等抽象实体时,他达到了自己的巅峰,因为他们同时犯下了两个致命的错误:发明不存在的实体来解释具体的事件,以及让个人、国家、阶级或形而上学的偏见任意支配。

至此,一切顺利,托尔斯泰被认为比大多数历史学家表现出更深刻的洞察力——"更伟大的现实主义"。他要求将历史的无限小部分整合起来,这也是正确的。而他自己也身体力行,创造了小说中的个体,这些人物并非微不足道,因为他们在性格和行动中"超越"了无数其他人,这些人确实"推动了历史"。这是对无限小的整合,当然不是用科学的方法,而是用"艺术心理学"的方法。托尔斯泰对抽象的厌恶是对的,但这让他走得太远了，以至于他最后不仅否认历史是一门像化学一样的自然科学——这是正确的——而且根本否认历史是一门科学，一种有自己适当概念和普遍原理的活动。如果这是真的，那么历史本身就被废除了。托尔斯泰说得对，老一辈历史学家所谓非个人的"力量"和"目的"确实是神话，而且是危险地误导人的神话。但是，除非我们可以问是什么使由个体（当然，最终只有他们才是真实的）组成的这个或那个群体如此行事，而无须首先对群体的每个成员进行单独的心理分析，再将他们"整合"起来，否则我们根本就无法思考历史或社会。然而，我们确实这样做了，而且很有益处，否认我们可以通过社会观察、历史推断和类似的手段发现很多东西，对卡列耶夫来说，就等于否认我们有区分历史真伪的标准，这些标准或多或少是可靠的——这种否认当然只是偏见，是极端的蒙昧主义。

卡列耶夫宣称，毫无疑问，是人创造了社会形式，但这些形式——人的生活方式——反过来又影响着那些出生在其中的人；个人意志也许不是万能的，但也不是完全无能的，有些意志比其他意志更有效。拿破仑也许不是半神（demigod），但他并不只是一个过程——没有他也会照常发生——的附带现象（epiphenomenon）；那些"重要人物"并不像他们自己或更愚蠢的历史学家想象的那么重要，但他们也不是影子；在托尔斯泰看来，只有个人的内心生活才是真实的，但除此之外，个人还有社会目的，其中一些人也有坚强的意志，这些意志有时会改变群体的生活。托尔斯泰认为，无论人们怎么想或有什么期望，无情的法则都会自动生效，他这一观念本身就是一个令人压抑的神话。无论如何，在社会科学中，法则只是统计上的概率，而不是可怕的、不可阻挡的"力量"。卡列耶夫指出，托尔斯泰本人也曾在其他场合以非常高明和刻薄的手法揭露过法则这个概念的邪恶，其时，他的对手在他看来太天真、太聪明或被某种怪诞的形而上学所控制。但要说，除非人们创造历史，否则他们自己,特别是他们当中的"伟人",就仅仅是"标签",因为历史创造了自己,只有社会蜂巢、人类蚁丘的无意识生活才具有真正的意义或价值和"现实性"——这难道不是一种完全不符合历史且武断的伦理怀疑主义吗?当经验证据指向别处时,我们为什么要接受它?

卡列耶夫的反对非常合理,在所有反对托尔斯泰历史观的观点中,这是最明智、最清晰的。但从某种意义上说,他没有抓住要点。托尔斯泰的主要工作并不是揭露基于这种或那种形而上学模式的历史谬误,不是揭露那些试图用作者特别喜爱的某一特定因素来过度阐释的谬误(所有这些都是卡列耶夫认可的),也不是驳斥实证社会学的可能性(卡列耶夫认为这是不合理的),以便建立自己的竞争性理论。比起对历史方法的抽象兴趣或对特定类型的历史实践的哲学反对,托尔斯泰对历史的关注有着更深层次的来源。它似乎源于某种更私人的东西,源于一种内心的痛苦冲突,这种冲突发生在他的实际经历和他的信仰之间,发生在他对生活的构想(如果这种构想要变得可以忍受的话)和他关于生活及他自己应该如何的理论之间;发生在直接事实(他既诚实又聪慧,不会视而不见)和对这些事实进行解释(这种解释不应导向以往观点中那些幼稚的荒谬之处)的需求之间。因为他的性情和智慧使他一生都忠实于一个信念,那就是以前所有对理性神正论(theodicy)的尝试(解释事情怎样发生,为什么会在某个时候发生,以及为什么应该或不应该、是好还是坏)都很荒唐可笑,都是拙劣的欺骗,只要一句尖锐而诚实的话就足以揭穿它们。

俄罗斯批评家鲍里斯·艾亨鲍姆(他关于托尔斯泰的论著是全世界最好的)在研究中提出:托尔斯泰最苦恼的是缺乏积极的信念;《安娜·卡列尼娜》中列文的哥哥对列文说,他(列文)没有积极的信仰,是彻底的怀疑主义,这一著名段落实际上指的是列夫·尼古拉耶维奇本人,以及他的哥哥尼古拉·尼古拉耶维奇对他的攻击。[1] 不管这段文字是否真的具有自传性——托尔斯泰的作品几乎没有不是自传性的——总的来说,艾亨鲍姆的理论似乎都是有效的。托尔斯泰天生不是一个幻想家;他看到了地球上形形色色的事物和状况的全部多样性;他了解它们各自的本质,以及是什么将它们与它们的非本质区分开来,其清晰程度无可比拟。令人欣慰的理论试图收集、联系、"综合",试图揭示隐藏的根基和被遮蔽的内在联系,这些联系虽然肉眼看不见,却保证了万物的统一(它们"最终"都是彼此的组成部分,严丝合缝)、完美无缺的理想整体——所有这些学说,他都毫不费力并轻蔑地加以驳斥。他的天才在于对特定属性的感知,这种特定属性是几乎无法表达的个体品质,凭借这种品质,给定的对象与所有其他对象都有所不同。然而,他渴望有一个普遍的解释原则,也

---

[1] B. M. Eikhenbaum, *Lev Tolstoy* (Leningrad, 1928 - 1960), i 123 - 124.

就是说，对于那些看似互不相干、零零散散的世间万物的组成部分，我们能够感知它们之间的相似之处、共同起源、单一目的，或表面多样性中蕴含的统一性。[1] 就像一切非常有洞察力、想象力和远见的分析家——他们进行解剖或粉碎，以达到坚不可摧的核心，他们相信存在这样一个核心，以此来为自己的毁灭行为（无论如何他们都不会放弃）辩护——一样，他继续以冷酷的蔑视态度摧毁对手摇摇欲坠的建筑，认为那些建筑配不上聪明人；他总是希望，在打击那些虚伪和欺诈——18、19世纪的历史哲学大军——的过程中，他迫切寻求的"真正的"统一很快就会出现。人们越是强烈怀疑这种探索是徒劳的，越是怀疑永远不会发现任何核心和统一的原则，驱除这种想法的手段就越残酷，如越发无情和巧妙的扼杀，还有越来越多虚

---

[1] 在这里，悖论再次出现：对"无限小"的整合是理想的历史学家的任务，它们必须是合理统一的，才能使这种整合成为可能；然而，"现实"的意义在于它们独特的差异。

假的真理代言人。当托尔斯泰从文学转向说教性写作时,这种倾向变得越来越明显:他内心深处愤怒地意识到,原则上,永远找不到最终的解决方案,这使托尔斯泰更加猛烈地攻击那些虚假的解决方案,因为它们提供了虚假的安慰——而且是对智力的侮辱。[1] 托尔斯泰在从事这种致命活动时表现出的纯粹的智力天赋是非常伟大和独特的。他一生都在寻找一座坚固的大厦,足以抵挡他的毁灭机器、炸药和攻城槌;他希望被一个不可撼动的障碍物所阻挡,他希望他猛烈的炮弹遭到坚不可摧的防御工事的抵抗。卡列耶夫杰出的理性和尝试性方法,他温和的学究式谏言,完全不像那种坚不可摧、不可简化、坚实的真理基石,而只有在真理基石上,才能建立托尔斯泰一生都在寻

---

[1] 在我们这个时代,出于类似的心理原因,法国存在主义者反对一切解释,因为它们不过是用来麻痹严重问题的麻醉剂,是缓解无法忍受却必须忍受的创伤的短暂止痛药,更重要的是,这些创伤无法被否认或"解释",因为所有的解释都是一种淡化,即对既定的——存在的——残酷事实的否认。

找的对生活的可靠解释。

《战争与和平》中关于历史变迁的单薄的"积极的"学说是这种绝望的探索所留下的全部财产。而且相对于他的防御性武器而言,托尔斯泰的进攻性武器具有巨大的优势,正因如此,他的历史哲学——需要整合的微粒子理论——在这部小说有一定批判能力、适度敏感的普通读者看来,才显得如此陈腐和做作。因此,大多数论述过《战争与和平》的人,无论在这部小说刚出版时,还是在后来的岁月里,都倾向于认同阿赫沙鲁莫夫的观点:托尔斯泰的天才在于他是一个作家,是比生活本身更真实的世界的创造者;而理论的阐述,尽管托尔斯泰自己可能认为它们是书中最重要的组成部分,但实际上并没有揭示这部作品本身的特点或价值,也没有揭示它的创作过程。这就预示了那些心理批评家的方法,他们坚持认为作者往往不怎么清楚自己的创作来源:他天才的源泉对他来说是看不见的,创作过程本身很大程度上是无意识的,而他自己的公开目的,只是在他头脑里对创作行为中涉及的真实却几乎未曾意识到的动机和方法进行合理化,因此,对于那些对艺术和文学的起源与演变进行"科学的"——自然主义的——分析的冷静学者来说,这往往只是一种障碍。

无论我们如何看待这种观点的普遍有效性,托尔斯泰竟然被这样对待,这都是一种历史的讽刺,因为这实际上是他对待学院派历史学家的方式,他用这种伏尔泰式的反讽来嘲笑他们。然而,这里不乏诗性正义:在他自己的哲学研究中,批判性因素和建设性因素占比不等,这似乎是因为他的现实感(只存在于个体及其关系中的现实)推翻了所有忽视其发现的宏大理论,但事实证明,他的现实感本身不足以为更令人满意的对事实的总体叙述提供基础。没有证据表明托尔斯泰自己认为这可能是"二元性"(duality)的根源,即无法调和人类的两种生活。

托尔斯泰认为只有个人生活的特质才是真实

的,而他又认为对这些特质的分析不足以解释历史进程(即社会的行为),这两者之间的冲突尚未得到解决;而在更深刻、更个人的层面上,相应的冲突是,一方面是他作为作家和人的天赋,另一方面则是他的理想——他有时相信自己是这样的人,而且始终深信并希望自己是这样的人。

不妨再次回想一下,我们曾把艺术家分为狐狸和刺猬:托尔斯泰认为现实是多元的,是一系列独立实体的集合,他对这些实体清晰且透彻的观察无人能及,但他只相信一种庞大而统一的整体。在世的作家中,没有谁能像他那样对生活的多样性有如此深刻的洞察力——人物、事件、境遇之间的差异、对比和碰撞,他都以其绝对的独特性来理解,并以一定程度的直接性和精确的具体意象来传达,这是其他作家所没有的。没有人能比托尔斯泰更好地表现一种情感的独特韵味和确切品质——它的"波动"程度、潮起潮落、微小运动(屠格涅夫嘲笑这不过是他耍的花招)——诸如一个眼神、一种思想、一次情绪波动的内在和外在的质地与"感觉",这不亚于展现一种特定的情况、一整个时期,以及个人、家庭、社区、整个国家的生活。在他的世界里,每件物品和每个人物都栩栩如生,这源于一种惊人的能力,即基于最完整的个体本质,在所有的维度上呈现每一种元素:绝不仅仅是意识流中的一个碎片——无论多么生动——带有模糊的边缘、轮廓、阴影,一种印象主义的再现;不需要也不依赖读者头脑中的某种推理过程;而总是作为一个坚实的客体,在不变的自然光下,从所有可能的视角,在绝对特定的时空背景下,从远处和近处同时被观看——一个事件在感官或想象的各个方面得到呈现,每个细微之处都被清晰而明确地表现出来。

然而,他的信仰恰恰相反。他提倡单一且包容的视角,他宣扬的不是多样性,而是单纯性,不是多层次的意识,而是将意识简化到某个单一层面——在《战争与和平》中,他将这种意识简化为好人的标准,即单一、自发、坦率的灵魂;后来又将其简化为农民的意识,或者简化为一种简单的基督教伦理,这种伦理脱离了任何复杂的神学或形而上学;简化为某种简单的、准功利主义的标准,通过这种标准,一切事物都直接相互关联,一切事物都能以某种简单的衡量标准相互评估。托尔斯泰的天才之处在于,他能惊人地准确再现不可复制的东西,近乎奇迹般地唤起个人完整的、不可转述的个性,从而使读者敏锐地意识到对象本身的存在,而不仅仅是对它的描述,为此,他使用隐喻来确定特定经验的性质,避免一般术语,这种术语会将描述对象与类似的例子联系起来,关注其共性,而忽略个体差异——情感的"波动"。但同样是这位作家呼吁——特别在他最后的宗教阶段——实际上是愤怒地说教完全相反的东西:必须驱逐一切不符合某种非常普遍、非常简单的标准的东西,比如农民喜欢或不喜欢什么,或者福音书中所说的好东西。

这种强烈的矛盾存在于经验材料(他无法从

中解脱出来,当然,他一生都知道这些材料是真实的)和他深刻的形而上学信仰(他相信存在一个信仰体系,它们必须属于这个体系,无论它们看起来是不是这样)之间,这种本能判断和理论信念之间的冲突——天赋与观念之间的冲突——反映了道德生活的现实(包括责任感、欢乐、悲伤、负罪感和成就感,所有这些不过是幻觉)与支配一切的法则(虽然我们知道的不过是其中微不足道的一部分,所有声称自己了解法则并受其指导的科学家与历史学家都在撒谎和欺骗他人,但它们都是真实的)之间尚未解决的冲突。除了托尔斯泰,果戈理和陀思妥耶夫斯基都是性格完整的人,有着连贯的观点和单一的视角,他们的反常往往与托尔斯泰的"明智"形成对比。然而,从这种激烈的冲突中产生了《战争与和平》:它不可思议的坚固性不应蒙蔽我们的双眼,每当托尔斯泰想起,或者更确切地说,提醒他自己——无法忘记——他在做什么及为什么做的时候,我们不应该对那条深深的裂痕视而不见。

IV

理论很少凭空产生。因此,托尔斯泰历史观的根源问题是一个合理的问题。托尔斯泰论述历史的文字都带有他自己的个性印记,这是大多数涉及抽象话题的作家所没有的原创品质(first-hand quality)。在这些主题上,他是以业余人士而非专业人士的身份写作的。但我们要记住,他属于一个发生重大事件的世界:他是他的国家及其时代的统治阶级的一员,他完全了解和理解这个阶级;他生活在理论和观念异常活跃的环境中,他为写作《战争与和平》查阅了大量资料(尽管,正如几位俄罗斯学者所表明的那样,不如人们有时以为的那么多[1]),他游历了很多地方,在德国和法国见过许多著名的公众人物。

---

1 例如前面引用的什克洛夫斯基(不止一处)和艾亨鲍姆(i 259-260)的著作(第13页,注释2,第63页,注释1)。

刺猬与狐狸

他博览群书,并深受影响,这是毋庸置疑的。众所周知,他很大程度上受卢梭的影响,他用反历史方法分析社会问题,尤其倾向于用永恒的逻辑、道德和形而上学的范畴来处理问题,而不是像德国历史学派所提倡的那样,从社会增长和对不断变化的历史环境的反应中寻找问题的本质。托尔斯泰的这种方法可能源于卢梭,同样可能源于狄德罗和法国启蒙运动。他始终是卢梭的崇拜者,晚年仍然推荐《爱弥儿》为有史以来关于教育的最好的书。[1] 卢梭肯定强化了——如果不是引发——他对土地及其耕种者的理想化倾向。在托尔斯泰看来,纯朴的农民,几乎和卢梭所说的高贵的野蛮人一样,是拥有丰富"自然"美德的宝库。卢梭肯定也强化了托尔斯泰身上朴实粗犷的农民

---

[1] "卢梭没有得到公正的对待……我读了卢梭全部的作品,是的,整整二十卷,包括《音乐词典》(*Dictionnaire de musique*)。我不只是钦佩他,我真的很崇拜他": loc. cit.(第33页,注释1)。(该注释中的引文原文为法语。——译注)

性格——强烈的道德主义、清教徒式的风格,对富人、权贵和幸福的怀疑与反感,那种真正的破坏行为,偶尔爆发的对西方式世故和优雅的非常俄罗斯式的盲目愤怒,对"美德"和简单品味、"健康的"道德生活的奉承,以及好战的、反自由主义的野蛮精神(这是卢梭对雅各宾派思想的具体贡献之一)。也许卢梭还影响了他对家庭生活的高度重视,以及他关于心灵高于头脑、道德高于知识或审美美德的学说。这一点已经提过,而且这是真实的,具有启发性,但这并不能解释托尔斯泰的历史理论,而在卢梭这个极度忽视历史的人身上也几乎找不到这种理论的痕迹。事实上,只要卢梭试图根据社会契约的权力转移理论,推导出一些人拥有凌驾于他人之上的权力这一结论,托尔斯泰就会轻蔑地加以驳斥。

如果我们考虑一下与托尔斯泰同时代的那些浪漫而保守的斯拉夫主义者对他的影响,我们就更接近真相了。19世纪60年代中期,他写《战争与和平》的时候,与他们中的一些人关系密切,尤其是波戈金和萨马林,他无疑和他们一样反对当时流行的科学历史理论,无论是孔德及其追随者的实证主义哲学,还是车尔尼雪夫斯基和皮萨列夫更为唯物主义的观点,还有巴克尔、穆勒和赫伯特·斯宾塞的观点,以及带有法国和德国科学唯物主义色彩的英国经验主义传统,这些截然不同的人物,都以各自不同的方式属于这个传统。斯拉夫主义者(也许尤其是丘特切夫,他的诗歌是托尔斯泰非常欣赏的)可能在某种程度上使托尔斯泰对以自然科学为基础的历史理论产生怀疑,对托尔斯泰和陀思妥耶夫斯基来说,这些理论都未能真实地描述人类的行为和苦难。这些理论的不足之处在于,忽视人的"内在"经验,把人当作一个自然对象,和物质世界的所有其他组成部分一样,受到同样力量的影响;而且相信法国百科全书派的观点,试图像研究蜂巢或蚁丘一样研究社会行为,然后抱怨说,他们制定的法则无法解释人的现实行为。此外,这些浪漫的中世纪主义者可能加强了托尔斯泰天然的反智主义和反自由主义,而他对人类行为中非理性动机的力量深表怀疑和悲观,这种非理性动机既能支配人类,又能使他们自我欺骗——简言之,这种固有的保守主义观点很早就使十九世纪五六十年代激进的俄罗斯知识分子对托尔斯泰产生了深深的怀疑,并使他们不安地认为他毕竟是一个伯爵、一个军官、一个反动派,而不是他们中的一员,根本不是真正的开明人士或反抗者,尽管他对政治制度进行大胆抗议,尽管他持异端邪说和破坏性的虚无主义。

然而,尽管托尔斯泰和斯拉夫主义者可能有共同的敌人,他们的主要观点却大相径庭。斯拉夫主义主要来源于德国唯心主义,尤其是谢林的观点(尽管对黑格尔及其阐释者说了很多恭维话),即真正的知识不可能通过对理性的运用而获得,而只能通过一种对宇宙中心原则——世界的灵魂——的想象性自我认同来获得,就像艺术家和思想家在神圣灵感来临的时刻所做的那样。一些斯拉夫主义者将其与东正教的启示真理和俄罗斯教会的神秘传统相结合,并将其传承给了后世的俄罗斯象征主义诗人和哲学家。托尔斯泰站在这一切的对立面。他认为,只有通过耐心的经验观察才能获得知识;这种知识总是不够的,单纯的人往往比博学的人更懂得真理,这是因为他们对人和自然的观察很少被空洞的理论所蒙蔽,而不是因为他们是神圣灵感的载体。托尔斯泰所写的一切都有一种敏锐的常识,自然而然地摒弃了形而上学的幻想和对深奥经验的不受约束的倾向,或者对生活的诗意或神学解释,而这些都是斯拉夫主义观点的核心,并且(与西方反工业的浪漫主义类似)决定了它对普通意义上的政治学和经济学的仇视,以及它神秘的民族主义。此外,斯拉夫主义者信奉历史方法,认为只有历史方法才能揭示个别制度和抽象科学的真正性质,这种性质只有在不可捉摸的时间流逝中才能显露出来。

这些都不可能在意志坚强、实事求是的托尔斯泰身上得到共鸣,尤其是现实主义的中年托尔斯泰。如果说农民普拉东·卡拉塔耶夫与斯拉夫主义(实际上是泛斯拉夫主义)思想家的农业精神——以简朴的乡村智慧对抗过于聪明的西方的荒谬——有什么共同之处,那么在《战争与和平》初稿中,皮埃尔·别祖霍夫则以十二月党人和西伯利亚流放者的身份结束他的一生,经历了全部的精神漫游之后,他最终无法在任何形而上学体系中,更不可能在东正教会或任何其他既定教会的怀抱中找到安慰。斯拉夫主义者看穿了西方社会科学和心理科学的虚伪,托尔斯泰亦有同感,但他对他们的主要学说不太感兴趣。他反对难以理解的神秘,反对古代的迷雾,反对任何形式的胡言乱语:他在《战争与和平》中对共济会充满敌意的描写一直是他的态度的象征。他对流放在外的蒲鲁东[1]

---

[1] 皮埃尔-约瑟夫·蒲鲁东(1809—1865),法国政论家、经济学家、无政府主义奠基人之一。——译注

的著作感兴趣,并于1861年拜访了他,这进一步加强了他的观点,蒲鲁东混乱的非理性主义、清教主义、对权威和资产阶级知识分子的仇恨,以及一般的卢梭主义和激烈的语气显然使他感到高兴。他的小说名很可能取自同年出版的蒲鲁东的《战争与和平》。

如果说德国古典唯心主义者对托尔斯泰没有直接影响,那么至少有一位德国哲学家是他所推崇的。事实上,不难看出他为什么觉得叔本华很有吸引力:这位孤独的思想家描绘了一幅悲观的画面,在其中,无能的人类意志拼命反抗僵化的宇宙法则;他谈到了人类所有激情的虚荣、理性体系的荒谬、对行为和情感的非理性源泉的理解的普遍失败、所有肉体都要承受的痛苦,以及随之而来的通过将人自身降至极端无为的状态来减少人类脆弱性的可取之处,在这种极端无为的状态下,人没有激情,也就不会感到沮丧、羞辱或受伤。这一著名的学说反映了托尔斯泰后来的观点——人之所以痛苦,是因为追求太多,愚蠢而又野心十足,荒唐地高估了自己的能力。叔本华也可能苦涩地强调了自由意志的幻觉与统治世界的铁律的现实之间熟悉的对比,尤其是他说,这种幻觉既然无法消除,必然会造成不可避免的痛苦。对叔本华和托尔斯泰来说,这是人类生活的核心悲剧。要是人们有这种认知就好了:即使最聪明、最有天赋的人也无法控制一切,而他们对诸多因素的有序运行——世界历史——所知甚少;最重要的是,断言仅仅因为深信必然存在着一种秩序,就能感知到这种秩序,这是多么自以为是的无稽之谈,而实际上所感知到的只是毫无意义的混乱,这种混乱的高级形式,作为人类生活之无序的缩影,就是战争。

当然,在托尔斯泰受到的所有文学影响中,最值得承认的是司汤达。在 1901 年与保罗·博耶的著名访谈中,托尔斯泰将司汤达和卢梭作为他最感激的两位作家,并补充说,他对战争的所有了解都来自司汤达在《巴马修道院》中对滑铁卢战役

刺猬与狐狸

的描写,法布里斯(Fabrice)在战场上游荡,"什么都不懂"。他又说,他哥哥尼古拉对他说过的那种"没有炫耀"或"未经粉饰"的战争,他后来在克里米亚战争中亲自验证了。[1] 没有什么能像托尔斯泰笔下关于战争的小插曲那样赢得现役军人的赞誉,他描述了那些真正参与其中的人是如何看待战争的。

毫无疑问,托尔斯泰说他这种直白的写法很大程度上要归功于司汤达,这是对的。但在司汤达背后,还有一个更直白、更具破坏性的人物,司汤达很可能(至少一定程度上)从他那里获得了解释社会生活的新方法。他是一位著名作家,托尔斯泰当然熟悉他的作品,并且受他的影响比人们通常认为的要深得多;他们的观点惊人地相似,这既不能归因于偶然,也不能归因于时代精神的神秘作用。这个人就是著名的约瑟夫·德·迈斯

---

[1] 见上文,第33页,注释1("战争没有什么可夸耀的")。(该注释中的引文原文为法语。——译注)

特。他对托尔斯泰的全部影响——尽管托尔斯泰的研究者和至少一位迈斯特的批评家已经注意到了[1]——很大程度上仍有待书写。

V

1864年12月7日,在写《战争与和平》的过程中,托尔斯泰写信给担任他助理的编辑彼得·巴尔捷涅夫,请他寄"迈斯特"[2],也就是迈斯特的书。1865年11月1日,他在日记中写道:"我正在读迈斯特。"[3]托尔斯泰有充分的理由阅读这位现在很少有人阅读的作家。约瑟夫·德·迈斯特伯爵是法国萨瓦(Savoyard)的保皇党人,在18世纪的最后几年里,他因写反对法国大革命的小册

---

1 参见 Adolfo Omodeo, *Un reazionario: il conte J. de Maistre* (Bari, 1939), 112, note 2。
2 T lxi 61.
3 "我读迈斯特",T xlviii 66。

子而声名鹊起。虽然他通常被归类为正统天主教的反动作家,被视为波旁王朝复辟的重要支柱,以及大革命前旧秩序尤其是教皇权威的捍卫者,但他远不止于此。他对个人和社会的本质持一种冷酷、反传统、厌世的观点,他以一种冷峻而讽刺的手法,描写了人类不可救药的野蛮和邪恶的本性、永恒杀戮的不可避免性、战争的神授性质,以及自我牺牲的激情在人类事务中所起的压倒性作用,这种自我牺牲的激情比自然的社交性或人为的约定更能创建军队和公民社会。他强调,如果文明和秩序想要延续下去,就需要绝对的权威、惩罚和持续的镇压。他写作的内容和语气更接近尼采、邓南遮[1]与现代法西斯主义的先驱,而不是他那个时代受人尊敬的保皇党,并在当时的正统派中间和拿破仑统治下的法国引起了轰动。1803年,迈斯特被他的主人——皮埃蒙特-撒丁国王(当时

---

[1] 邓南遮(1863—1938),意大利诗人、记者、小说家。——译注

作为拿破仑的牺牲品流亡罗马,不久又被迫搬到撒丁岛)——派往圣彼得堡,作为撒丁国王在俄罗斯宫廷的半官方代表。迈斯特很有社交魅力,对周围环境也有敏锐的感知,作为一个优雅的朝臣、一个机智又精明的政治观察家,他给俄罗斯首都的社交界留下了深刻的印象。从1803年到1817年,他一直住在圣彼得堡,他那些文笔精巧、常常具有不可思议的洞察力与预言性的外交报告和公函,以及他的私人信件和关于俄罗斯及其居民的各种零散的笔记,都是写给他的政府以及他在俄罗斯贵族中的朋友和顾问的,这些书面材料形成了一种独特而有价值的信息来源,可以从中了解拿破仑时期及之后俄罗斯帝国统治阶层的生活和观点。

他死于1821年,是几篇神学政治论文的作者,但他作品的最终版本,特别是著名的《圣彼得堡夜话》(以柏拉图式的对话形式谈论人类政府的性质和法令,以及其他政治和哲学问题),还有他的《外交信函》和其他信件,直到19世纪50年代和60年代初才由他的儿子鲁道夫及其他人完整出版。迈斯特对奥地利的公开敌视、他的反波拿巴主义,以及撒丁王国在克里米亚战争前后日渐增长的重要性,自然增加了当时人们对他的个性和思想的兴趣。关于他的书开始出现,并在俄罗斯文学界和史学界引起了广泛讨论。托尔斯泰拥有《圣彼得堡夜话》,以及迈斯特的外交公函和信件,这些信件的副本可以在亚斯纳亚·波利亚纳(Yasnaya Polyana)的图书馆找到。无论如何,托尔斯泰在《战争与和平》中显然大量使用了这些材料。[1] 因此,关于保卢奇介入德里萨俄罗斯总参谋部辩论的著名描述,几乎是一字不差从迈斯特的一封信中复制来的。同样,瓦西里(Vasily)公爵在安娜·帕夫洛夫娜·舍列尔(Anna Pavlovna

---

[1] 参见 Eikhenbaum, op. cit.(第63页,注释1), i 308-317.

Scherer)的招待会上同某"重要人物"[1]议论库图佐夫的谈话,显然是基于迈斯特的一封信,在信中可以找到这次谈话用到的所有法文短语。此外,托尔斯泰早期的一篇草稿《在安娜·帕夫洛夫娜家的J.迈斯特》中有个旁注,提到叙述者给美丽的伊莲娜(Hélène)及一群仰慕她的听众讲述愚蠢逸事——在与著名女演员乔治小姐共进晚餐时,拿破仑遇到了昂吉安公爵。[2] 另外,保尔康斯基(Bolkonsky)老公爵把床铺从一个房间搬到另一个房间的习惯,大概源于迈斯特讲述的斯特罗加诺夫伯爵的类似习惯。最后,迈斯特这个名字也出现在小说中[3],他和其他一些人都认为,俘虏拿破仑军队中更显赫的亲王和元帅,这令人尴尬又

---

[1] *War and Peace*, vol. 3, part 2, chapter 6, T xi 127, 128; W 782, 783.

[2] *War and Peace*, vol. 1, part 1, chapter 3, T x 13-16; W 10-13. For the note see T xiii 687.

[3] *War and Peace*, vol. 4, part 3, chapter 19, T xii 167; W 1182.

很愚蠢,因为这只会造成外交上的困难。众所周知,托尔斯泰曾用过日哈列夫的回忆录,后者于1807年与迈斯特见过面,并对他进行了热情洋溢的描述[1];这些回忆录中的某种氛围渗透进了托尔斯泰在《战争与和平》开篇对舍列尔夫人客厅里显赫的流亡者的描写,以及他对当时彼得堡上流社会的其他描写。托尔斯泰的学者仔细整理过这些呼应和相似之处,他们毫不怀疑托尔斯泰借鉴的程度。

在这些相似之处中,有一种更重要的相似性。迈斯特解释道,传说中贺雷修斯对库里亚蒂[2]的胜利——就像所有的胜利一样——是由于士气这一难以捉摸的因素,托尔斯泰也谈到了决定战斗结果的未知因素的极端重要性——军队及其指挥

---

[1] S. P. Zhikharev, *Zapiski sovremennika: dnevnik chinovnika* (Moscow, 1934), ii 112 - 113.

[2] 贺雷修斯(Horatius)和库里亚蒂(Curiatii)是古罗马传说中交战双方的英雄。——译注

官的难以触及的"精神"。这种对不可估量和不可计算的东西的强调是迈斯特一般非理性主义的重要组成部分。迈斯特比他之前的任何人都更清楚、更大胆地宣称:人类智力在与自然力量的较量中不过是一个软弱无力的工具;对人类行为的理性解释很少能解释清楚什么。他坚持认为,只有非理性——正因为无法解释,所以不会遭到理性的批判性活动的破坏——才能够持久和强大。他以世袭君主制和婚姻制度等非理性制度为例,这些制度历久不衰,而选举君主制或"自由的"人际关系等理性制度,无论在哪里被引入,都迅速而毫无"理由"地崩溃了。迈斯特认为生命是各层次之间的一场野蛮战斗,在植物和动物之间,在个人和国家之间,是一场没有任何收获的战斗,源于上帝赋予的某种原始、神秘、血腥、自我牺牲的欲望。这种本能比理性之人的微弱努力要强大得多,理性之人试图通过规划社会生活来实现和平与幸福(无论如何,这并不是人类内心最深处的渴望,而只是人类的讽刺画像——自由知识分子的渴望），而不考虑暴力，这些暴力迟早会使他们的脆弱结构像许多纸牌屋一样倒塌。

迈斯特认为战场在各个方面都是生活的典型，并嘲笑那些认为自己实际上控制着军队行动并指挥着战斗进程的将军。他宣称，在真正激烈的战斗中，没有人能够说出正在发生什么：

> 人们总是谈论战争，但并不知道战争到底何样。特别是，他们倾向于认为战争发生在一个地方，而实际上战争覆盖了一个国家的好几个区域。他们严肃地问你：你在战场上，为什么不知道战斗中发生了什么？然而，通常情况恰恰相反。右边的人知道左边发生的事吗？他知道离他两步远的地方发生了什么吗？我可以很容易想象出其中一个可怕的场景。在一片广阔的田野上——到处都是杀戮的场景，大地在人与马的脚下颤抖——在火光与硝烟中，被枪炮的轰鸣声、命令、咆哮

和消逝的声音弄得晕头转向,在死者、垂死者和破碎的尸体的包围中,在恐惧、希望和愤怒的转换中,在五六种不同的情感中,人会变成什么样?他看到了什么?几个小时后他会知道什么?他对自己和他人能有什么了解?在这群奋战了一整天的勇士中,通常没有人知道谁是胜利者,甚至连将军都不知道。我将只列举一些现代战争,那些永远不会被人遗忘的著名战争,那些改变了欧洲面貌的战争,它们之所以失败,只是因为某些人认为它们失败了。假设所有条件都相同,如果双方都没有多流一滴血,那么一方的将军就可以在自己的国家唱起赞歌,迫使历史记录下与它所要表达的相反的内容。[1]

---

1 *Les Soirées de Saint-Pétersbourg* (1821),夜话之七:*Œuvres complètes de J. de Maistre* (Lyon/Paris, 1884 - 1887) (OC) v 33 - 34;Joseph de Maistre, *St Petersburg Dialogues*, trans. Richard A. Lebrun (Montreal etc., 1993) (SPD) 222 - 223。(此段引文原文为法语。——译注)

稍后他说:"难道我们没有见过胜利得而复失吗?……总的来说,我认为战争不在于物质上的输赢。"[1]又说:"同样,一支四万人的军队在实力上不如另一支六万人的军队,但是前者如果更有勇气、经验和纪律,就能打败后者,因为人虽少,却更有效。这是我们在历史的每一页上都能看到的。"[2]最后说:"舆论会使战争失败,也会使战争获胜。"[3]胜利是道德或心理问题,而不是物质问题:

> 什么是一场失败的战争?……这是一场人们认为自己已经输掉的战争。没有比这更真实的了。一个人与另一个人的打斗中,如果他被杀死或击倒在地,而另一个人仍然站着,那么他就输了。这不是两支军队交战的情形;一个无法被杀死,而另一个还站着。双

---

[1] OC v 35; SPD 223.(此句引文原文为法语。——译注)
[2] OC v 29; SPD 220.(此句引文原文为法语。——译注)
[3] OC v 31(SPD中缺失)。(此句引文原文为法语。——译注)

方的力量是平衡的，死亡人数也是平衡的，特别由于火药的发明，毁灭手段也更加平等，一场战争不再是物质上的失败，也就是一方的死亡人数比另一方多。腓特烈二世对这些事略知一二，他说："胜利就是前进。"但谁是前进的一方呢？是凭借其良心和神态使对手退缩的那一方。[1]

没有军事科学，也不可能有军事科学，因为"打败仗的是想象力"[2]。"很少有战争是物质上的失败——你开火，我也开火……真正的胜利者，就像真正的失败者一样，是那些相信自己是胜利者或失败者的人。"[3]

托尔斯泰说，这是他从司汤达那里学到的，但是安德烈公爵关于奥斯特里茨的那句话——"我们

---

1 OC v 32；SPD 221.（此段引文原文为法语。——译注）
2 OC v 33；SPD 222.（此句引文原文为法语。——译注）
3 1812 年 9 月 14 日给弗朗德伯爵（Count de Front）的信：OC xii 220 - 221.（此句引文原文为法语。——译注）

输了,因为我们一开始就告诉自己我们输了"[1]——以及俄罗斯人战胜拿破仑是由于俄罗斯人渴望生存这一说法,是在呼应迈斯特,而不是司汤达。

1888年4月7日,法国著名历史学家阿尔伯特·索雷尔在巴黎政治学院(École des Sciences Politiques)的一次鲜为人知的演讲中指出,迈斯特和托尔斯泰关于战斗及战争的混乱与不可控性的看法非常相似,这种看法对人类生活有着更大的影响,而且他们都蔑视学院派历史学家对人类暴力和战争欲望的幼稚解释。[2] 他把迈斯特和托尔

---

[1] *War and Peace*, vol. 3, part 2, chapter 25, T xi 206; W 855.
[2] Albert Sorel, "Tolstoï historien", *Revue bleue* 41 (1888年1—6月), 460-469. 这篇演讲[修订稿收入 Sorel, *Lectures historiques* (Paris, 1894)]被托尔斯泰学者不公正地忽视了;它对纠正那些完全不提及迈斯特的人[如 P. I. Biryukov, *Lev Nikolaevich Tolstoi: biograffya* (Moscow, 1906-1908),以及 K. V. Pokrovsky, op. cit. (第49页,注释2),更不用说后来的批评家和文学史家了,他们几乎都依赖此二人的权威研究]的观点大有帮助。早期的学者中,埃米尔·奥芒几乎是独一无二的,他无视二手材料,自己去发现真相,参见 *La Culture française en Russie* (1700-1900) (Paris, 1910), 490-492。

斯泰相提并论,并注意到,尽管迈斯特是一个神权主义者,而托尔斯泰是一个"虚无主义者",但他们都认为事件的最初成因是神秘的,将人类意志降为虚无。索雷尔写道:"从神权主义者到神秘主义者、从神秘主义者到虚无主义者的距离,比蝴蝶到幼虫、幼虫到蛹、蛹到蝴蝶的距离都要小。"[1]托尔斯泰像迈斯特一样,首先对最初成因感到好奇,他提出了与迈斯特相同的问题:"为什么在全人类的判断中,毫无例外地,世界上最光荣的总是理直气壮地让无辜者流血的权利?"[2]他拒绝一切理性主义或自然主义的答案,强调不可捉摸的心理和"精神"因素——有时是"动物学"因素——是事件的决定性因素,他强调这些因素,而没有对军事实力进行统计分析,就像迈斯特给位于卡利亚里(Cagliari)的政府的报告一样。事实上,托尔斯泰对人

---

[1] Albert Sorel, "Tolstoï historien", 462。这段话在 1894 年的再版(270)中被省略了。

[2] OC v 10; SPD 210.(此句引文原文为法语。——译注)

群的大规模流动——无论是在战场上,还是在俄罗斯人从莫斯科撤离或法国人从俄罗斯逃离的过程中——的描述,几乎可以用来具体说明迈斯特的理论,即所有重大事件都是意料之外和无法计划的。但两者的相似之处更为深刻。萨瓦伯爵和这位俄罗斯人都激烈反对关于人的善良、人的理性和物质进步的价值或必然性的自由派乐观主义;两人都强烈谴责那种认为理性与科学的手段可以使人类永远幸福和善良的观念。

宗教战争之后的第一波乐观理性主义浪潮涌现出来,反对法国大革命的暴力,以及随之而来的政治专制和社会经济苦难。在俄罗斯,类似的发展被尼古拉一世长期采取的一系列镇压措施所破坏,这些措施首先是为了抵消十二月党人起义的影响,近二十五年后,则是为了抵消1848—1849年欧洲革命的影响;除此之外,还必须加上十年后克里米亚危机带来的物质和道德影响。在这两种情况下,赤裸裸的暴力出现了,扼杀了大量温和的理想主义，并导致了各种类型的现实主义和强硬派，其中包括唯物主义的社会主义、专制的新封建主义、铁血的民族主义和其他激烈的反自由主义运动。就迈斯特和托尔斯泰而言——尽管他们在心理、社会、文化和宗教方面有着不可逾越的深刻差异——这种幻灭表现为对科学方法本身的强烈怀疑，对所有自由主义、实证主义、理性主义，以及当时在西欧具有影响力的高尚世俗主义形式的不信任；这种幻灭导致他们刻意强调人类历史"不愉快"的方面，而这些方面正是多愁善感的浪漫主义者、人文主义历史学家和乐观的社会理论家似乎坚决不愿正视的。

迈斯特和托尔斯泰谈到政治改革家（在一个有趣的例子中，他们提到的是同一个代表人物，即俄罗斯政治家斯佩兰斯基）时，用的都是极度轻蔑和讽刺的语气。人们怀疑迈斯特实际上参与了斯佩兰斯基的倒台和流放。托尔斯泰则通过安德烈公爵的眼睛，描写沙皇亚历山大曾经的宠儿苍白的脸、柔软的手、挑剔而自负的举止、做作而空洞的动作——某种程度上表明了他的人格和他的自由主义行为的非真实性——这种描写方式会让迈斯特拍手叫好。他们都带着轻蔑和敌意谈论知识分子。迈斯特认为他们不仅是历史进程——上帝发出的可怕警告,用以吓唬人类回归古罗马信仰——的怪诞牺牲品,而且是危害社会的人,是由质疑者和年轻人的腐蚀者组成的令人讨厌的群体,所有谨慎的统治者都必须采取措施来对付他们的腐蚀性活动。托尔斯泰以蔑视而非憎恨的态度对待他们,把他们描绘成可怜的、误入歧途的、弱智的、妄自尊大的人物。迈斯特认为他们是一群社会的和政治的蝗虫,是基督教文明核心的蛀虫,而基督教文明是最神圣的,只有通过教皇和教会的英勇努力才得以保存。托尔斯泰将他们看作聪明的傻瓜、空洞的诡辩者,对简单的心灵所能领悟的现实视而不见、充耳不闻。他不时以一种冷峻的、无所顾忌的老农式蛮横向他们开火。在沉默多年之后,他要向那些愚蠢的、喋喋不休的、在城里生活的猴子复仇,那些猴子懂得如何解释一切,自命不凡,却无能又空虚。他们驳斥任何不以权力本质问题为核心的历史解释,对解释历史的理性主义尝试表示蔑视。迈斯特嘲讽百科全书派——他们自以为聪明的肤浅、他们整齐却空洞的分类——来自娱自乐,这与一个世纪后托尔斯泰对待他们的后裔,即科学社会学家和历史学家的方式非常相似。尽管迈斯特关于俄罗斯人的不可救药的野蛮、唯利是图和愚昧无知的尖刻言论想必不合托尔斯泰的口味(如果他确实读过这些言论的话),但两人都自称相信纯朴的普通人的深刻智慧。

迈斯特和托尔斯泰都认为西方世界某种意义上正在"腐烂",正在迅速衰败。这种学说实际上是罗马天主教反革命分子在 18 世纪末、19 世纪初发明的,它构成了他们的观点的一部分,他们认为法国大革命是上帝对那些偏离基督教信仰,特别是偏离罗马教会的人的惩罚。从法国开始,这种对世俗主义的谴责通过许多迂回的途径(主要由二流记者及其学术圈读者)传到德国和俄罗斯(直接或通过德语版本传到俄罗斯),在俄罗斯的一些人中间找到了现成的土壤,这些人自己避免了革命的动荡,而这种观点迎合了他们的自尊心,让他们相信自己无论如何仍可能走在通往更大权力和荣耀的道路上,而西方则因其古老信仰的失败而遭到破坏,正在道德和政治上迅速瓦解。毫无疑问,托尔斯泰从斯拉夫主义者与其他俄罗斯沙文主义者那里得到的这种观点至少和直接从迈斯特那里得到的一样多,但值得注意的是,这种信念在这两位固执的贵族观察家身上都格外强大,并支配着他们极为相似的观点。两人本质上都是顽固的悲观主义思想家,他们无情地摧毁当时的幻想,吓跑了同时代的人,即便民众不情愿地承认他们所说的事实。尽管迈斯特是狂热的教皇绝对权力主义者,是现有制度的支持者,而托尔斯泰在早期作品中并不涉及政治,没有表现出任何激进的态度,但他们都被笼统地视为虚无主义者——19世纪的人文价值在他们的指摘下分崩离析。他们试图摆脱自己不可避免的、无法回答的怀疑主义,找到某种宏大的、坚不可摧的真理,保护他们免受自身天性和气质的影响。迈斯特找到了教会。托尔斯泰找到了纯洁的人性和质朴的兄弟情谊,这是一种他本可以了解却很少了解的状态,是一种理想,在这种理想面前,他所有的描写技巧都无济于事,因此他通常会写出一些缺乏艺术感、呆板和天真的东西——非常动人,令人难以置信,并且明显与他自己的经历相去甚远。

然而,不应过分强调这种类比。诚然,迈斯特和托尔斯泰都非常重视战争与冲突。但迈斯特和他之后的蒲鲁东[1]一样颂扬战争,宣称战争是神

---

[1] 1861年,托尔斯泰在布鲁塞尔拜访了蒲鲁东,同年,蒲鲁东出版了一部名为《战争与和平》的作品,此书三年后被译成俄文。据此事实,艾亨鲍姆尝试推断蒲鲁东对托尔斯泰小说的影响。

刺猬与狐狸

秘和神圣的,而托尔斯泰却厌恶战争,认为只要我们对许多细微的原因,即著名的历史"微分"足够了解,战争在原则上是可以解释的。迈斯特相信权威,因为它是一种非理性力量,他相信服从的必要性,相信犯罪不可避免,相信审判和惩罚的极端重要性。他认为刽子手是社会的基石,司汤达称他为"刽子手的朋友",拉梅内说他只有两种现实——罪与罚——"他的作品都像是在断头台上写的"[1],这并非没有道理。迈斯特对世界的看法

蒲鲁东追随迈斯特,将战争的起源看作一个黑暗而神圣的谜团;他的所有作品都充满了混乱的非理性主义、清教主义、对悖论的喜爱和一般的卢梭主义。但这些特质在法国激进思想中普遍存在,除了书名之外,很难在托尔斯泰的《战争与和平》中找到任何蒲鲁东主义的东西。在这一时期,蒲鲁东对各种俄罗斯知识分子的整体影响当然是很大的。因此,与将托尔斯泰看作蒲鲁东主义者相比,将陀思妥耶夫斯基——或者马克西姆·高尔基——看作蒲鲁东主义者一样容易,甚至更容易。然而,这不过是对批判性才智的一种无聊的练习,因为他们之间的相似之处模糊而笼统,而差异则更深、更多、更具体。

[1] 1834年10月8日致森夫特·冯·皮尔萨赫伯爵夫人的信:Félicité de Lamennais, *Correspondance générale*, ed. Louis le Guillou (Paris, 1971 - 1981), letter 2338, vi 307。

是，野蛮的生物互相撕扯，为杀戮而杀戮，充满暴力和血腥，他认为这是所有生命的正常状态。而托尔斯泰远离这种恐怖、犯罪和虐待狂的言行。[1] 而且无论阿尔伯特·索雷尔和沃居埃怎么说，托尔斯泰在任何意义上都不是一个神秘主义者：他不怕质疑任何事情，他相信一定存在某种简单的答案——只要我们不老是折磨自己，到陌生而遥远的地方去寻找答案——而答案一直就在我们脚下。

迈斯特支持等级制度，信奉贵族的自我牺牲、英雄主义、服从，以及上层在社会和神学上对大众最严格的控制。因此，他主张将俄罗斯的教育交给耶稣会士：他们至少会向野蛮的斯基泰人[2]传

---

[1] 然而托尔斯泰也说过，数以百万计的人互相残杀，明知这"在生理上和道德上都是邪恶的"，却仍然为之，因为这是"必要的"，因为"通过这种方式，人们履行了一种基本的、动物性的法则"：op. cit.（第52页，注释2），15。这纯粹是迈斯特的观点，与司汤达或卢梭相去甚远。

[2] 斯基泰人（Scythians）是古代游牧民族。——译注

授拉丁语,拉丁语是人类的神圣语言,体现了过去时代的偏见和迷信——这些信仰经受住了历史和经验的考验——仅凭这一点,它就足以筑起一道坚固的墙,抵御无神论、自由主义和思想自由的可怕腐蚀。最重要的是,他认为,在那些尚未完全对其形成免疫力的人手中,自然科学和世俗文学是危险的商品,是令人兴奋的酒,会危险地刺激并最终摧毁任何还不习惯它们的社会。

托尔斯泰一生都反对公开的蒙昧主义和对求知欲的人为压抑。他最严厉的言辞针对的是19世纪最后二十五年的俄罗斯政治家和政论家——波别多诺斯采夫和他的朋友及附庸——他们正是奉行这些主要的天主教反动派格言的人。《战争与和平》的作者显然憎恨耶稣会士,尤其憎恨他们在沙皇亚历山大统治时期成功地改变了俄罗斯妇女的时尚——皮埃尔那个不成器的妻子伊莲娜一生中最后发生的事情,几乎可以归因于迈斯特向圣彼得堡贵族的传教活动。事实上,我们有充分的理由认为,耶稣会士被逐出俄罗斯,而迈斯特本人实际上被召回,因为皇帝本人认为他的干涉过于公开和成功了。

因此,没有什么比被告知他与这个黑暗使徒、这个捍卫愚昧无知与农奴制的人有许多共同之处更能使托尔斯泰感到震惊和恼火的了。然而,在所有讨论社会问题的作家中,迈斯特的语气最接近托尔斯泰。对于通过理性手段、通过制定良好法律或传播科学知识来改善社会的做法,两人持同样讽刺的、近乎愤世嫉俗的怀疑态度。两人以同样的愤怒与讽刺谈论每一种时髦的解释、每一种社会秘方,特别是按照某种人为方案来安排和规划社会的想法。对所有专家和技术,对所有世俗信仰的高尚宣言,对那些善意却理想主义的人为社会进步所做的努力,两人都抱有深深的怀疑,迈斯特很明显,而托尔斯泰则不那么明显。对任何与思想打交道、相信抽象原则的人,他们有同样的厌恶。两人都深受伏尔泰性情的影响,但强烈反对他的观点。两人最终都诉诸隐藏在人类灵魂中的某种本源,迈斯特甚至谴责卢梭是假先知,而托尔斯泰对卢梭的态度更为暧昧。两人首先都拒绝个人政治自由的概念,拒绝由某种非个人的司法制度保障的公民权利的概念:迈斯特认为任何对个人自由的渴望——无论是政治的、经济的、社会的、文化的,还是宗教的——都是故意的无纪律和愚蠢的不服从,他支持传统中最黑暗、最不合理、最压抑的形式,因为只有传统才能为社会制度提供生命力、连续性和安全锚地;托尔斯泰拒绝政治改革,因为他相信最终的复活只能来自内心,而真正的内心生活只有在人民群众未被触及的深处才能实现。

VI

但是,在托尔斯泰对历史的解释和迈斯特的思想之间,有一个更重大的相似之处,涉及对过去的认识的基本原则问题。这些彼此不同甚至相互对立的思想家,他们思想中最显著的共同点之一,就是他们对事件的"不可阻挡"的特性——"行进"(march)的关注。托尔斯泰和迈斯特都认为,所发生的一切是一个由事件、物体、特征组成的厚重、不透明、错综复杂的网络,通过无数无法识别的联系相互连接、相互分离,还有无数可见与不可见的间隙和突然的中断。在这种对现实的看法中,所有清晰的、合乎逻辑的、科学的结构——人类理性被明确定义的对称模式——都看起来平滑、单薄、空洞、"抽象",不足以有效描述或者分析任何存在或曾经存在的事物。迈斯特将其归因于人类观察和推理能力的极端无能,至少是在他们没有超人的知识来源(信仰、启示、传统,尤其是教会的伟大圣人和博学之士的神秘视角)时,在他们没有不可分析的特殊现实感时,自然科学、自由批判和世俗精神对这种现实感都是致命的。迈斯特告诉我们,最聪明的希腊人、许多伟大的罗马人,以及他

刺猬与狐狸

们之后占统治地位的中世纪神职人员和政治家，都具有这种洞察力，他们的力量、尊严和成功都来源于此。这种精神的天敌是聪明和专业化。因此在罗马世界，对专家和技术人员（贪婪的希腊人[1]）的蔑视理所当然，他们是现代版亚历山大时代（可怕的18世纪）尖锐却干瘪的人物的遥远但毫无疑问的祖先；18世纪的这些人物就是摇唇鼓舌和舞文弄墨之徒[2]，可怜的律师和无聊文人，为首的是贪婪、肮脏、龇牙咧嘴的伏尔泰，他们是破坏性和自毁性的，因为他们对上帝的真理装聋作哑。只有教会懂得"内在的"节奏、世界"深层的"潮流，以及万物无声的行进；风后地震，主却不在其中（non in commotione Dominus）[3]；上帝不在喧

---

1 尤维纳利斯，《讽刺诗》(*Satire* 3.78)："如果你让贪婪的希腊人(Graeculus esuriens)一步登天，他也会去。"
2 "摇唇鼓舌和舞文弄墨之徒"(avocasserie and écrivasserie)，参见 Saint-Simon, "Catéchisme politique des industriels" (1823 - 1824) in *Oeuvres de Saint-Simon & d'Enfantin* (Paris, 1865 - 1878), xxxvii 131 - 132。
3 《圣经·列王纪上》(Vulgate) 19:11。

107

闹的民主宣言中，不在喋喋不休的宪法公式中，也不在革命的暴力中，而在由"自然"法则支配的永恒的自然秩序中。只有理解这个道理的人才知道什么能做，什么不能做，什么应该尝试，什么不应该尝试。他们，也只有他们掌握着世俗成功和精神救赎的关键。无所不知只属于上帝。但是，我们只有沉浸在他的话语中，沉浸在他的神学或形而上学的原则（这些原则在最低层次上体现于本能和古老迷信中，而本能和迷信不过是经过时间检验的原始方式，用以预知并遵守上帝的法则，而推理则是以自己的武断规则取而代之的努力）中，才有希望获得智慧。实用智慧很大程度上是对不可避免之事的认识：在我们的世界秩序下，哪些事必然会发生？反之，事情不能以怎样的方式去做，或者说不可能以怎样的方式做成？为什么有些计划注定失败，尽管对此无法给出论证性或科学的理由？这种罕见的感知能力我们称为"现实感"，它是对什么与什么相适应、什么与什么不能共存的感觉。这种能力有很多名称:洞察力、智慧、实用的天才、对过去的感觉、对生命和人性的理解。

托尔斯泰的观点并没有太大不同,区别在于,他认为,我们夸大地声称理解或决定事件,我们的这种蠢行并非因为愚蠢的或亵渎神明的努力,即摆脱特殊的超自然知识,而是因为我们对大量的相互关系——决定事件起因的微小因素——太无知。如果我们开始了解因果关系的无限变化,我们应该停止赞扬和指责、自夸和悔恨,或者把人看作英雄或恶棍,而应该以应有的谦卑,服从不可避免的必然性。然而,仅仅这么说就是对他的信仰的嘲弄。的确,托尔斯泰在《战争与和平》中明确指出,一切真理都存在于科学之中,存在于对物质原因的认识之中,因此,我们在缺乏证据的情况下得出结论,这就使我们自己显得可笑,就此而言,我们不如农民或野蛮人,因为他们并不比我们无知很多,至少他们的看法比我们谦虚得多。然而事实上,《战争与和平》《安娜·卡列尼娜》或托尔斯泰这一时期的任何其他作品都不是基于这种世界观。库图佐夫是有智慧的,他并不仅仅像服役的德鲁别茨基(Drubetskoy)或比利平(Bilibin)那样聪明,也不像德国军事专家那样是抽象的英雄主义或教条的受害者;他与他们不同,比他们睿智,但这并不是因为他比他们了解更多的事实,也不是因为他比他的顾问或对手——普弗尔、保卢奇、贝蒂埃或那不勒斯国王——掌握更多引发事件的"微小因素"。卡拉塔耶夫给皮埃尔带来觉悟,共济会成员却没有,但这并不是因为卡拉塔耶夫碰巧比共济会莫斯科分会掌握更多的科学知识;列文在田间劳动时有所体验,安德烈公爵则是负伤躺在奥斯特里茨战场上时有所感悟,但在这两种情况下,他们都没有发现新的事实或任何一般意义上的新规律。相反,一个人积累的事实越多,他的努力就越徒劳,他的失败就越无望——沙皇亚历山大周围的改革家们就是例子。他们,以及像他们这样的人,只有通过愚蠢(如德国人、军事专家和一般专家)、虚荣(如拿破仑)、轻浮(如奥勃朗斯基)或无情(如卡列宁),才能摆脱浮士德式的绝望。

皮埃尔、安德烈公爵、列文发现了什么?他们寻找什么?改变他们人生的体验所解决的精神危机的中心和高潮是什么?不是令人警醒的认识,即对于拉普拉斯无所不知的观察者所知道的全部事实和规律,他们——皮埃尔、列文和其他人——能声称发现的是多么少;也不是对苏格拉底式无知的简单承认。答案更不存在于几乎相反的另一极——对支配我们生活的"铁律"的一种更精确的新认识,把自然看作机器或工厂的设想,伟大的唯物主义者(如狄德罗、拉·梅特里或卡巴尼斯)或屠格涅夫的《父与子》中"虚无主义者"巴扎洛夫(Bazarov)所崇拜的19世纪中叶科学作家的宇宙论;然而也不存在于对不可言喻的生命统一性的超验感中,这种超验感被各个时代的诗人、神秘主义者和形而上学家所证实。尽管如此,我们还是能感知到某种东西:一种见识,或者至少是一瞥,一种启示的时刻——在某种意义上解释并调和着——一种神正论,对存在和发生之事的证明与阐释。它是由什么组成的?托尔斯泰并没有明确告诉我们,因为当他(在他后来明显说教的作品中)打算这么做时,他的学说已有所不同。然而,《战争与和平》的读者不可能完全不知道他说了些什么。在库图佐夫或卡拉塔耶夫的场景中,在其他类似神学或形而上学的段落中,甚至在尾声非哲学的叙述性部分,皮埃尔、娜塔莎、尼古拉·罗斯托夫、玛丽公主都固守着他们坚实而又清醒的新生活,一种既定的日常生活。我们在这里显然想看到,小说中的这些"主人公"——"好人"——在经历了十多年的风雨和痛苦之后,基于某种程度的理解,现在已经获得了一种和平。对什么的理解?需要某种程度的服从。服从什么?不仅仅是服从上帝的意志(至少在十九世纪六七十年代人们创作伟大小说的时候不是这样),也不是服从科学的"铁律",而是服从事物之间的永恒关系[1]和人类生活的普遍结构,只有在这种永恒关系和普遍结构中,才能通过一种"自然的"——亚里士多德式的——知识来发现真理和正义。

要做到这一点,首先要把握人类意志和理性能做什么、不能做什么。这是怎么知道的?不是通过具体的探究和发现,而是通过对人类生活和经验的某些一般特征的感悟,这种感悟不一定是明确的或有意识的。其中最重要、最普遍的是区分"表面"和"深层"的关键界线:一方面是可感知、可描述、可分析的数据世界,包括物理和心理数据、"外部"和"内部"数据、公共和私人数据,科学可以处理这些数据,尽管在某些领域——物理学以外的领域——进展甚微;另一方面是事实上"包含"并决定经验结构的秩序,在其中,我们及我

---

[1] "事物之间的永恒关系"与孟德斯鸠在《论法的精神》(1748)开篇所说的"源于事物本质的必然关系"的意思几乎一样。

们所经验的一切必须被认为是设定好的,这种秩序进入我们思考、行动、感觉、情绪、希望、愿望的习惯中,进入我们说话、相信、反应和存在的方式中。我们——有知觉的生物——某种程度上生活在这样一个世界里,我们可以通过理性、科学、精心策划的方法来发现其构成要素,对这些要素进行分类并采取行动。但在某种程度上(托尔斯泰、迈斯特及与他们同在的许多思想家在更大的程度上),我们沉浸和淹没在一种媒介中,不可避免地认为它是我们自己的一部分,我们不会也不可能从外面观察;我们不能识别、衡量和设法操纵;我们甚至不能完全意识到,因为它太亲密地进入了我们所有的经验之中,它本身与我们所是和所做的一切紧密地交织在一起,以至于无法从流动(它就是流动)中抽离出来,作为一个客体,被我们以科学的超然态度进行观察。它作为我们存在的媒介,决定我们大多数永恒的范畴,决定我们判断真理与谬误、真实与表象、好与坏、中心与边缘、主观与客观、美与丑、运动与静止、一与多，以及过去、现在与未来的标准。因此，无论是这些范畴，还是其他任何明确构想出来的范畴或概念，都不适用于它，因为它本身不过是一个模糊的名称，指的是包括这些范畴、这些概念、我们赖以生存的终极框架和基本前提的总体。

然而，尽管我们无法在没有某种（不可能的）外部有利位置的情况下分析这一媒介（因为没有"外部"），但有些人更清楚自己和其他人生活中这些"被淹没的"部分的结构与方向，尽管他们无法描述。比起那些忽视无所不在的媒介（"生活之流"）而被恰当地称为肤浅的人，或者比起试图将只适用于表面对象（我们经验中相对有意识、可操纵的部分）的（科学的或形而上学的）工具运用于媒介，从而在理论上沦为荒谬、在实践中招致可耻的失败的人，他们更能意识到这一点。智慧是这样一种能力：应对我们在其中行动的（至少对我们来说）不可改变的媒介——就像我们应对时间或空间的普遍性一样,这是我们所有经验的特征;或多或少有意识地无视"不可避免的趋势""不可估量的因素""事物的发展方式"。这不是科学知识,而是对我们所处环境的概貌的一种特殊敏感;这是一种生活能力,不与某些既无法改变,也无法完全描述或者计算的永久状况或因素发生冲突;这种能力受经验法则的指导——据说是存在于农民和其他"普通人"身上的"远古智慧"——原则上,科学法则在此不适用。这种难以言喻的宇宙方位感就是"现实感",是如何生活的"知识"。

有时候,托尔斯泰确实说,好像科学原则上能——即使在实践中不能——穿透和征服一切;如果真是这样,那么我们就应该知道一切的原因,知道我们并不自由,而是完全被决定的——这就是最聪明的人所能知道的一切。同样,迈斯特说,好像学校里的人比我们知道得多,因为他们的技术比我们高明,但在某种意义上,他们知道的仍然是"事实"——科学研究的对象。圣托马斯比牛顿知道得多得多，而且更精确、更肯定，但他所知道的都是同样的东西。但这些声明仍然纯粹是形式上的，尽管口头上承认自然科学或神学有发现真理的能力；而迈斯特和托尔斯泰的主要学说则表达了一种截然不同的信念。迈斯特称赞阿奎那，并非因为他是比达朗贝尔或蒙日更好的数学家；按照托尔斯泰的说法，库图佐夫的美德并不在于他是比普弗尔或保卢奇更优秀、更科学的战争理论家。这些伟人更有智慧，而不是更有知识；不是他们的演绎推理或归纳推理使他们成为大师；他们的见识更"深刻"，他们能看到别人看不到的东西；他们能看到世界的运行方式，什么与什么相结合，什么永远不会结合在一起；他们看到什么是可能的，什么是不可能的；他们看到人们如何生活、出于什么目的，人们做了什么、遭受了什么，人们如何、为何行动，人们应该这样而不是那样行动。

某种意义上，这种"看到"并没有提供关于宇宙的新信息。它是对不可估量之物和可以估量之物的相互作用的意识,对一般事物、特定情况或特定特征的"形状"的意识,这正是科学决定论所要求的自然法则无法推导,甚至无法用公式表述的。凡是能归入这些法则的事物,科学家们都可以而且确实加以处理,那不需要"智慧"。因为这种优越的"智慧"的存在而否定科学的权利,是对科学领域的肆意侵犯,是对范畴的混淆。至少托尔斯泰并没有否认物理学在它自己领域里的功效;但他认为,与科学永远无法触及的社会、道德、政治和精神世界相比,这个领域微不足道,任何科学都无法对这些世界进行分类、描述和预测,因为在这些世界中,"被淹没的"、无法观察的生命所占的比例太高了。揭示这些世界的本质和结构的洞察力并不只是一个临时的替代品,在相关的科学技术不够完善的情况下,才可以求助的一种经验主义的应急措施(pis aller)。这种洞察力的领域完全不同:它能做任何科学都无法做到的事;它能区分真实与虚假、有价值与无价值、能做与不能做;而且它这样做的时候,并没有为其声明提供合理的依据,这只是因为"理性"与"非理性"这两个词本身是基于这种洞察力——由它"衍生而来"——获得意义和用途的,而不是反过来。如果这种理解的依据不是最终的土地、框架、氛围、背景、媒介(无论使用哪种极具表现力的隐喻)——我们所有的思想与行为以不可避免的方式由此得到感知、评价和判断——那又会是什么呢?

托尔斯泰的决定论、现实主义、悲观主义,以及他(还有迈斯特)对科学和世俗常识对理性的信仰的蔑视,正是源于这种始终存在的感觉,即认为这个框架(事件的运动,或特征的变化模式)是一种"不可阻挡"、普遍、无所不在、无法改变、不在我们的力量范围之内的东西("力量"是指科学知识的进步赋予我们的驾驭自然的力量)。一切事物的框架和基础"在那里",只有智者才能感觉到它:皮埃尔探寻它;库图佐夫从骨子里感觉到它;卡拉塔耶夫与它融为一体。托尔斯泰笔下的所有英雄至少都能断断续续地有所觉悟——正是这种觉悟,使所有传统的解释,科学的、历史的解释,以及那些未经反思的"常识"显得如此空洞,使它们在自命不凡的时候显得可耻地虚假。托尔斯泰自己也知道,真理在那里,而不"在这里"——不在易于观察、辨别和做出建设性想象的领域,不在微观的感知和分析的力量中,尽管他是我们这个时代感知和分析方面最了不起的大师。但他自己并没有亲眼看到这一真理,因为无论如何努力,他都没有一种全局观。他不是刺猬,他离刺猬还远着呢。他看到的不是单一,而总是许多,他带着一种强迫性的、不可避免的、不可动摇的、贯穿始终的清醒,关注不断增长的细微之处、丰富的个体性,这使他发狂。

VII

我们是超出我们理解范围的更大世界的一部分。我们不能像描述外部对象或他人的性格那样来描述这个世界——把它们从其存在的历史之"流"中分离出来,从其自身"被淹没的"、不为人知的部分中分离出来,根据托尔斯泰的说法,这些部分是专业历史学家很少注意的;因为我们自己生活在这个整体中,并依赖它,我们只有与它和平相处才是明智的。因为除非我们这样做(只有在经历了许多痛苦之后,如果我们相信埃斯库罗斯和《约伯记》的话),否则我们将徒劳地抗议和受罪,并使自己成为可悲的傻瓜(就像拿破仑那样)。这种对周围环境的感知(我们如果因为愚蠢或自负而蔑视环境的本质,就会导致我们的行为和思想弄巧成拙),就是经验统一性的视野,是历史感、对现实的真正认识、对智者(或圣人)不可言传的智慧的信仰,这在托尔斯泰和迈斯特那里——尽管有差异——是相通的。他们的现实主义是类似的:是浪漫主义、感伤主义和"历史主义"的天敌,也是激进"科学主义"的天敌。他们并不是要区分我们所知或所做之事的微小部分,与原则上能够或终将被知道或者实现之事的汪洋大海,无论后者是通过自然科学、形而上学或历史科学知识的进步,还是通过回到过去,或通过其他方法;他们试图建立的是我们知识和力量的永恒边界,将其与原则上人类永远无法知道或改变之事区分开来。根据迈斯特的说法,我们的命运在于原罪,在于我们是人类——有限、易犯错、邪恶、虚荣的人类,在于我们所有的经验知识(与教会的教导相反)都被错误和偏执所污染。根据托尔斯泰的说法,我们所有的知识都必然是经验的——没有例外——但永远不会引导我们获得真正的理解,只能导向任意抽象的信息碎片的积累;然而这在他看来(正如他所鄙视的唯心主义学派的形而上学家)毫无价值、不可理解,除非其源于并指向那种不可言喻又十分明显、唯一值得追求的深层次理解。

有时候,托尔斯泰几乎可以说出它是什么。他告诉我们,我们对一种特定的人类行为了解得越多,对我们来说,这种行为就越不可避免、越确定。为什么？因为我们对所有相关的条件和前提了解得越多，我们就越难以排除各种情况，并推测没有这些情况会发生什么；当我们在想象中逐步排除我们所知道的事实时，这不仅变得困难，而且变得不可能。托尔斯泰的意思并不含糊。我们就是这样的人，生活在一个特定的环境中，这个环境具有它的特征——生理的、心理的、社会的；我们的所思、所感、所行都受到它的制约，包括我们设想可能的选择的能力，无论是现在、未来还是过去。我们的想象力和计算能力、我们的设想能力（比方说，过去在这方面或那方面如果不是这样的话，可能会发生什么）很快就会达到自然的极限，这是因为我们对备选（可能）方案的计算能力薄弱，更多是因为（我们可以对托尔斯泰的观点进行逻辑扩展）我们的思想使用的术语——符号本身——就是如此，它们本身就是由我们世界的实际结构决定的。我们的世界只有某些特征，而没有其他特征，这一事实限制了我们的想象和设想能力。一个截然不同的世界（经验上）是根本无法设想的。有些人比别人更有想象力，但都有局限性。

世界是一个系统、一个网络：认为人是"自由的"，就是认为他们能够在过去的某个时刻，以某种不同于他们所采取行动的方式行事；就是要思考这些未实现的可能性会带来什么后果，以及世界在哪些方面会与现在的世界不同。在人工或纯粹演绎的系统中做到这一点就已经够困难了，比如在国际象棋中，排列的数量有限，类型也明确——这是我们人为安排的——所以组合是可以计算的。而如果你将这种方法运用于模糊且丰富的现实世界，并试图找出这个或那个未实现的计划或者未执行的行动的含义，以及其对后来全部事件的影响——基于因果法则和概率知识——你会发现，你区分的"微小"起因越多，逐一"推断"这些微小起因的"分离"结果的任务就越繁重，因为每个结果都会影响到其余无数事件和事物的整体,这与国际象棋不同,不是根据有限且任意选择的概念和规则来定义的。而且,无论在现实生活中,还是在下棋时,如果你开始篡改基本概念——空间的连续性、时间的可分性等——你很快就会到达一个阶段,符号在其中无法发挥作用,你的思维会变得混乱而陷于瘫痪。因此,我们对事实及其联系的认识越充分,就越难以设想其他的选择;我们用来构想和描述世界的术语或范畴越清晰、越精确,我们的世界结构就越固定,我们的行为就显得越不"自由"。认识到想象力的这些局限性,最终认识到思想本身的这些局限性,就等于直面世界"不可阻挡的"统一模式;认识到我们与它的认同,服从它,就能找到真理与和平。这不只是东方的宿命论,不是当时著名的德国唯物主义者(如毕希纳和福格特,或莫勒斯霍特,托尔斯泰那一代俄罗斯革命的"虚无主义者"十分钦佩他们)的机械决定论,也不是一种对神秘的启示或整合的渴望。这是严谨的、经验主义的、理性的、坚定的、现实主义的。但其情感上的原因是对一元论生活观的强烈渴望,即狐狸一心想以刺猬的方式去看待生活。

这与迈斯特的教条式断言非常接近:我们必须对历史的要求持一种赞同的态度,历史的要求是上帝通过他的仆人及其神圣的机构发出的声音,不是人为的,也无法被人破坏。我们必须让自己听从上帝的真理,服从事物内在的"运行"。但在具体的情况下,我们应该如何管理我们的私人生活或公共政策——对此,这两位乐观自由主义的批评者都没有告诉我们什么。我们也不指望他们告诉我们什么。因为他们背离了积极的愿景。托尔斯泰的语言——以及迈斯特的语言——适应于相反的活动。正是在分析、敏锐地识别、标记差异、确定具体的例子、穿透每个个体本身的实质时,托尔斯泰才达到了他天才的顶峰;同样,迈斯特通过公开嘲笑——"用针钉住"(montage sur l'épingle)——对手所犯的荒谬错误,达到了出色的效果。他们是各种经验的敏锐观察者：每一次人们试图错误地呈现这些经验，或试图提供对这些经验的虚假解释，他们都会立即发现并辛辣地嘲笑。然而，他们都知道，完整的真理——宇宙中所有成分相互关联的最终基础，他们或其他人所说的任何事可能是真的还是假的、琐碎的还是重要的这个背景——存在于他们并不拥有因此无法表达的一种综观视野（synoptic vision）中。

皮埃尔所学到的——玛丽公主的婚姻是对其的一种认可——是安德烈公爵一生苦苦追求的。究竟是什么呢？和奥古斯丁一样，托尔斯泰只能说出不是什么。他的天才是极具破坏性的。他只能通过暴露错误的路标来试图指向他的目标，通过消除不是真理的东西来限定真理，也就是所有能用清晰的、分析的语言说出来的东西，这种语言与狐狸那种过于清晰但必然有限的视野相对应。像摩西一样，他必须在应许之地的边界停下来。没有应许之地，他的旅程就没有意义。但他不能进去。然而,他知道它是存在的,而且可以告诉我们(别人从来没有告诉过我们)它不是什么——最重要的是,它不是艺术、科学、文明或理性批判所能抵达的任何东西。

约瑟夫·德·迈斯特也是如此。他是反动的伏尔泰。自信仰时代以来,每一种新教义都被他凶狠的技巧和敌意撕成碎片。伪装者被揭穿,逐个被打倒;反对自由主义和人道主义学说的武器库是有史以来最有效的。但王位仍然空缺,正面的学说太缺乏说服力了。迈斯特为黑暗时代而叹息,但他的同伴们刚提出推翻法国大革命的计划(回到以前的状态),他就谴责这些计划是幼稚的胡说八道——试图假装那些已经发生并不可挽回地改变了我们所有人的事情从未发生过。他写道,试图逆转革命,就好像有人要把日内瓦湖的水排干,装进酒窖里。[1]

---

[1] 致维涅特(Vignet des Étoles)的信,1793 年 12 月 9 日,OC ix 58。

他和那些真正相信某种回归可能性的人之间没有亲缘关系——从瓦肯罗德、格雷斯、科贝特到G. K. 切斯特顿的新中世纪主义者,以及斯拉夫主义者、分配主义者、拉斐尔前派和其他怀旧的浪漫主义者。因为和托尔斯泰一样,他所相信的正好相反:他相信当下的力量是"不可阻挡的";他相信我们无法摆脱那些累积起来决定我们基本范畴的条件的总和,这是一种我们永远无法完全描述的秩序,除非对它有某种直接的意识,否则我们永远无法了解它。

这两种对立的知识类型之间的争论由来已久,一种是由系统的探索产生的知识,另一种是由"现实感""智慧"所构成的更难以捉摸的知识。人们普遍认为,这两种说法都有一定的道理:最激烈的冲突一直与双方领域之间的精确边界有关。那些主要诉诸非科学知识的人被他们的对手指责为非理性主义和蒙昧主义,他们为了情感或盲目的偏见,故意拒绝确定性真理的可靠的公共标准。

反过来，他们也指责对手，即那些雄心勃勃的科学捍卫者，指责他们提出荒谬的主张，承诺不可能的事情，发布虚假的说明，在根本不了解历史、艺术或个人灵魂状态的情况下解释它们（并要改变它们）；他们的劳动成果，即使不是毫无价值，也会走向无法预料、往往是灾难性的方向——而这一切都是因为他们固执地不愿承认，在太多的情况下，有太多的因素总是未知的，不是用自然科学的方法能够发现的。当然，最好不要假装去计算那些无法计算的东西，不要假装在世界之外有一个阿基米德点，在那里，一切都可以测量和改变。最好在每种情况下都使用似乎最合适的方法，从而获得（实际上）最好的结果；最好拒绝普洛克路斯忒斯[1]的诱惑；最重要的是，最好区分哪些是可分离、可分类、能够被客观研究的，有时还能被精确

---

[1] 普洛克路斯忒斯（Procrustes）是古希腊神话中的强盗，"普洛克路斯忒斯之床"意指"削足适履"。——译注

测量和操作的,哪些是我们这个世界最持久、最普遍、不可避免、与我们密切相关、时刻存在的特征,我们对后者过于熟悉,它们"不可阻挡的"压力太常见,几乎无法被我们感觉到或注意到,也不可能被观察到并成为研究的对象。

这种区别贯穿于帕斯卡和布莱克、卢梭和谢林、歌德和柯勒律治、夏多布里昂和卡莱尔的思想中;也贯穿于所有那些谈论心灵的原因,或者谈论人的道德本性或精神本性、崇高和深度、诗人和先知"更深刻的"洞察力、特殊的和内在的理解,或者与世界融为一体的人的思想中。托尔斯泰和迈斯特都属于后一类思想家。托尔斯泰将一切都归咎于我们对经验性原因的无知,迈斯特则归咎于对托马斯主义的逻辑或天主教会神学的放弃。但事实上,这两位伟大批评家的言论的语气和内容,掩盖了这些公开的信念。两人都一再强调"内在"与"外在"之间的对比,即只被科学和理性的光芒照亮的"表面"与"深度"——"人类的真实生活"之间的对比。对迈斯特及之后的巴雷斯来说，真正的知识——智慧——在于理解并和土地与死者[1]交流（这与托马斯主义的逻辑有什么关系？），这是一种伟大的不可改变的运动，是由死者、生者、尚未出生的人，以及他们所生活的土地之间的联系创造的。也许伯克和丹纳，以及他们的许多模仿者，正是试图以各自的方式传达这种运动，或者类似这种运动的事物。

至于托尔斯泰，这种神秘的保守主义对他来说是特别可憎的，因为在他看来，这种保守主义似乎是在逃避核心问题，只不过是用浮夸的辞藻把它作为答案重述一遍。然而，他最后也向我们展示了库图佐夫和皮埃尔隐约看到的俄罗斯的广阔景象，以及俄罗斯能或不能做什么、能或不能承受

---

[1] "土地与死者"(la terre et les morts)，这是巴雷斯（以及后来跟随他的作家）反复使用的民族主义主题。参见 Maurice Barrès, *La Terre et les morts（sur quelles réalités fonder la conscience française*）(Ligue de La Patrie Française, Troisième Conférence) (Paris, 1899)。

什么,还有如何做、何时做——这一切拿破仑和他的谋士(他们知道很多,却与此问题无关)都没有察觉到;因此(虽然他们在历史、科学及微小原因方面的知识也许超过库图佐夫和皮埃尔),他们不可避免地走向了灭亡。迈斯特对过去伟大的基督教战士的优异科学的赞美,以及托尔斯泰对我们科学之无知的哀叹,不应导致任何人误解他们实际上捍卫的东西的本质:对"深层潮流"的意识、对心灵的原因(raisons de cœur)的意识。事实上,他们自己对此并没有直接的经验;但他们深信,与此相比,科学的诡计不过是陷阱和错觉。

尽管托尔斯泰的怀疑论现实主义和迈斯特教条的独裁主义有深刻的差异,甚至彼此之间存在强烈的对立,但它们是亲兄弟。因为两者都源于一种痛苦的信念,即对一种单一而宁静的愿景的信念,在这种愿景中,所有问题都得到解决,所有疑虑都得到消除,和平与理解最终得以实现。被剥夺这一愿景后,他们从非常不同、实际上往往并不相容的立场出发,把他们所有的强大资源用来消灭一切可能反对和批评这一愿景的人。实际上,那些信仰——他们仅仅是为其抽象的可能性而战——并不相同。正是他们所处的困境,促使他们将毕生精力投入毁灭的任务中去;正是共同的敌人和性格上的极度相似,使他们在一场他们都意识到要战斗终生的战争中,成为奇怪而又明确无误的盟友。

VIII

托尔斯泰和迈斯特是对立的——一个是"所有人都是兄弟"这一福音的传道者,另一个是暴力、盲目牺牲和永恒苦难的主张的冷酷捍卫者——但他们都无法摆脱同样的悲剧性悖论,因此走到了一起:他们都是天生眼光尖锐的狐狸,必然意识到分裂人类世界的事实上的纯粹差异与破坏人类世界的力量,观察者完全不可能被许多微妙的设计、统一的系统、信仰和科学所欺骗,而肤浅或绝望的人则试图用它们来自欺欺人地掩盖混乱。两人都在寻找一个和谐的宇宙,但到处都是战争和混乱,这是任何欺骗的企图——无论如何精心伪装——都无法掩盖的。因此,在最后绝望的情况下,他们提出放弃可怕的批评武器——这两人,尤其是托尔斯泰,被过于慷慨地赋予了这种批评武器——转而支持那唯一的伟大愿景,它十分简单,远离正常的智力过程,不受理性工具的攻击,因此也许能提供一条通往和平与救赎的道路。

迈斯特最初是个温和的自由主义者,最后在他自己的各种极端天主教思想的孤独堡垒中摧毁了 19 世纪的新世界。托尔斯泰最初关于人类生活及历史的观点与他所有的知识、天赋和爱好相矛盾,因此,无论作为作家还是普通人,他都很难说在实践意义上接受了这种观点。在晚年,他由此进入一种生活方式,在这种生活方式中,他试图解决他关于人和事的看法与他认为他相信或应该相信的东西之间的明显矛盾,最后,他表现得好像这类事实性问题完全不是根本问题,只是一种无所事事、行为不端的生活的细枝末节,而真正的问题截然不同。但这没有用:缪斯女神是骗不了的。托尔斯泰根本不是浅薄之徒:他不会随波逐流,他会被不可抗拒地吸引到水下,去探索更黑暗的深处;他无法避免看到他所看到的,甚至怀疑他所看到的;他可以闭上眼睛,但无法忘记他正在闭上眼睛;他对虚假事物的那种可怕的、具有破坏性的意识,挫败了他最后一次自欺的努力,就像之前几次一样;他在痛苦中死去,被自己智力上的绝对正确和对永恒的道德错误的感知所压迫,他是那些无法调和又不能放弃调和现实与理想之冲突的人中最伟大的一个。

直到他生命的最后一刻,托尔斯泰的现实感都是毁灭性的,无法与任何道德理想相容,他的智慧将世界震碎,而这种道德理想则是他从世界的碎片中构建出来的。他终其一生,将自己强大的精神力量和意志都用于对这一事实的否定。他既极度自负,又非常自憎,既无所不知,又怀疑一切,既冷漠又狂暴,既轻蔑又自卑,既痛苦又超然。他被爱他的家人、忠诚的追随者、整个文明世界的仰慕者所包围,但又几乎孑然一身。他是伟大作家中最悲惨的一个:一个绝望的老人,无人相助,就像刺瞎自己的俄狄浦斯,在科洛诺斯徘徊。

第二版附录

第二版附录

我可能是一只狐狸;我不是刺猬。

以赛亚·伯林[1]

伯林论《刺猬与狐狸》

致埃德蒙·威尔逊,1951 年 9 月 1 日

此书的主题来自阿基罗库斯的命题(出自一个孤立的残篇),我想我在科德角(Cape Cod)给你引述过他的话,他说:"狐狸知道很多事情,但刺猬只知一件大事。"我敢说,这句话的意思就是,狐狸诡计多端,而刺猬以一当十,很难被捕获。但是,将作家分为狐狸(莎士比亚、歌德、亚里士多德和

---

[1] 1993 年 2 月接受安德烈亚斯·伊森施密德的采访,题为《以赛亚·伯林之肖像》,1993 年 9 月 24 日播出:Swiss Radio DRS, Studio Zürich, channel DRS2。

其他博学的人)与刺猬(只关注一件通常不完整的大事的人,如柏拉图、帕斯卡、普鲁斯特、陀思妥耶夫斯基、亨利·詹姆斯等),也许并非不太恰当,并不比天真与感性及其他类似的分类或二分法更糟糕。我坚持认为托尔斯泰天生就是一只狐狸,但他非常相信刺猬,并希望活成一只刺猬。因此,他内心就出现了大家都知道的裂痕。某种程度上,我并不想从司汤达或卢梭的角度(人们通常认为他们是他的灵感来源)来阐述这个问题,而是试图从约瑟夫·德·迈斯特的角度出发,他是尼采式的伪天主教徒,比任何人认为的都有趣得多。

致美国出版商林肯·舒斯特,1953年6月13日

你对《刺猬与狐狸》评价如此之高,我自然感到高兴,并希望它不会给你带来经济上的灾难。与此同时,我在牛津的《斯拉夫研究》(*Slavonic*

Studies)[1]上刊载的原稿中增加了两个部分。我希望它们不会过度扰乱其余部分。增加的两个部分讨论了托尔斯泰和迈斯特所说的"不可阻挡的"与"不可避免的"这两个概念的含义,并让迈斯特更多地进入画面,这使他在副标题中的位置[2]显得不那么奇怪。除了你和我,世界上还有谁认为托尔斯泰那些冗长尾声和哲学漫谈并非乏味地打断了故事?这是典型的俄罗斯业余爱好者自创的古怪哲学?

致学生兼朋友希拉·索科洛夫·格兰特,1954年1月29日

人们似乎在《刺猬与狐狸》中发现了晦涩之处(obscurities)。在我看来,这太明显,简直是老生常谈。

---

[1] 实际上是《牛津斯拉夫论文集》。
[2] 结果迈斯特没有出现在副标题中。

致多伦多大学的 H. 保罗·西蒙,1971 年 5 月 27 日

我想你真的相信我喜欢狐狸胜过刺猬,但事实并非如此。没有比但丁更伟大的诗人,没有比柏拉图更伟大的哲学家,没有比陀思妥耶夫斯基更深刻的小说家。不过当然,在我看来,他们似乎是刺猬,尽管我确实认为他们是狂热的集权论者——这可能会在社会生活、个人生活和政治生活中导致灾难性的后果——这可能是比其他任何形式的天才都更深刻的天才所要付出的代价。我个人可能更同情狐狸,我可能认为他们在政治上更开明、更宽容、更人道。但这并不意味着他们在其他方面更有价值——如果对不可通约之物的这种比较有意义的话。

致卡尔曼-列维出版社的 R. 埃雷拉,1973 年 1 月 23 日

《刺猬与狐狸:论列夫·托尔斯泰的历史哲

学》(*Le Hérisson et le renard: essai sur le philosophie d'histoire de Léon Tolstoi*),不管此书有什么优点,我想,它是我所有书中读者最多的一本,在英国和美国都是如此……

致莱昂·埃德尔,1985 年 9 月 17 日

有人说,我那篇关于托尔斯泰的文章的最后一部分实际上是自传性的,而且"像所有严肃的犹太人一样",我渴望成为一只刺猬。这种说法(埃德蒙·威尔逊日记)根本不正确……

埃德蒙·威尔逊写道:

> 我告诉(A. J. P.)泰勒,到最后,我才发现我误解了以赛亚。"他很容易被误解。"泰勒简短直白地说。当时我还没有读到《新政治家》(*New Statesman*)上泰勒对《刺猬与狐狸》的评论,那篇文章给以赛亚蒙上了阴影。讲座结束后,我和泰勒谈论了这本书。他说,

他觉得以赛亚无法进入主题时,就会"连珠炮似的"把话说完,他就是这么说的。我想,这么说有些道理——前一个晚上,当谈话变得富有哲学意味的时候,我有过这种感觉,就像以前跟以赛亚在一起时偶尔会感到的那样,他陷入思想的浅滩时会捉襟见肘。但很明显,按简明英语的传统,泰勒无法欣赏牛津人所谓的以赛亚"德尔斐的一面",也就是犹太先知的一面。我认为有关托尔斯泰的那篇文章的结尾——对泰勒来说不过是滔滔不绝的文字——其实是相当成功的。他在谈论自己的问题:他过着狐狸的生活,但像所有严肃的犹太人一样,渴望刺猬的统一性。[1]

---

1 Edmund Wilson, *The Fifties: From Notebooks and Diaries of the Period*, ed. Leon Edel (New York, 1986), 139.

第二版附录

A. J. P. 泰勒的评论

以赛亚·伯林居住在那个奇怪的边界地带，即思想史领域，特别是文学中所表现的思想。人们有时会觉得他比他要阐释的所有历史作家都更有想法。伏尔泰说："这既不是文学，也不是思想，更不是历史。"[1]这句诙谐的话无疑可以用在他身上。在11月出版的这本书中，伯林先生慷慨地展示了他的天赋，这更像是一场智力上的烟花表演。在这本八十页的小书中，他开始讨论的诸多主题足够让另一个人忙乎一辈子，尽管他现在无疑走上了完全不同的道路。

他的文章表面上论述了托尔斯泰的历史观，但它始于对托尔斯泰本人的深刻见解。让我们把

---

[1] 出处不详。（伏尔泰曾讥讽神圣罗马帝国"既非罗马，也非帝国，更非神圣"。——译注）

刺猬与狐狸：论托尔斯泰的历史观

作家分为刺猬和狐狸。"狐狸知道很多事情，但刺猬只知一件大事。"狐狸追逐世界上的一切，从不对准一个目标，也从没有单一的视角。刺猬则是专注而强势的，对他来说，一切都必须围绕一个中心。人们很容易认同，作家可以分为两类，一类有天堂向他们敞开大门，另一类则没有。例如，普希金是一只狐狸；陀思妥耶夫斯基是一只刺猬。但托尔斯泰是什么呢？伯林先生给出了一个精彩的答案，这个答案贯穿了他这篇文章的大部分：托尔斯泰天生是一只狐狸，但他相信自己是一只刺猬。他有一种无与伦比的天赋，能从无数个人和事件的细节中描绘出一幅真实的生活图景。当他毫无防备时，他有时会暗示，如果我们能了解每一个微小的事件，我们就能理解事件的原因。但当他振作起来、头脑清醒的时候，他认为这种看法是邪恶的。某个地方肯定存在宇宙的秘密，这个秘密比它各部分的总和还要大。这个秘密总是躲着他。他对别人给出的答案进行挞伐，因为他自己没有找到答案。

《战争与和平》的资深读者会发现这是一个令人信服的解释。《战争与和平》是一部说教作品,也是有史以来最伟大的历史小说。它旨在说明人们永远无法控制事件,事实上,人们越是试图控制事件,就越是徒劳无益。拿破仑是《战争与和平》中的笑柄;库图佐夫是书中的圣人,他等待事态的发展。但正如伯林明确指出的那样,托尔斯泰篡改了历史记录。凡是对拿破仑有利的消息,他都予以压制;他给库图佐夫画了一幅肖像,他自己也知道,这幅肖像和真实的库图佐夫毫无关系。《战争与和平》中的库图佐夫不是一个历史人物。他是真正的智者的象征,他能感知宇宙的本质。他就是托尔斯泰想要成为却从未成为的人。

托尔斯泰是从哪里得到这种关于潜在真相的学说的?这是伯林先生的第二个观点:他是从迈斯特那里得到的。伯林先生指出,许多历史细节都来自迈斯特的信件(《圣彼得堡夜话》)。不仅如此,反动贵族迈斯特还对现代世界持怀疑态度。他怀疑现代的所有价值,但他知道没有回头路可走。托尔斯泰发展了这种观点,形成了彻底的"否定论"。[1] 他将同时代人的一切简单解释都驳斥得体无完肤,并暗示只有他自己知道答案。然而他没有透露答案,甚至都没有找到答案。这只是一种非常抽象的历史观。这位可怜的普通历史学家感到力不从心。历史是对人们行为的记录,我们应该对此感到满意。至少这是我们的全部。如果想要更多的东西,你必须问老派哲学家,而他们现今在这个国家几乎绝迹了。在这个时候,伯林先生帮助了我们。神的灵感降临在他身上。句子越来越长,思想越来越高深,开始是一篇文学评论,最后却变成了一则德尔斐阿波罗的神谕。[2]

---

[1] 见上文,第18—19页。
[2] "Thoughts on Tolstoy", *New Statesman and Nation*,1953年12月12日,768。

第二版附录

猫头鹰与小猫咪

约翰·鲍尔

向以赛亚·伯林先生、刺猬与狐狸致歉

对于那些愿意去寻找的人来说,据说有两种动物经常出现在英国乡村。[1] 一种是奇怪的两足动物——圆圆的,毛茸茸的,通常沉默寡言,食肉,但害羞,以一种奇特的夜行方式飞行,被生物学家认为具有夜视能力,聪明,像幽灵,神秘,超然。另一种是四足动物——同样贪吃,但更狡猾,不害羞,季节性发情,然后吵闹,天生具有奇特的自足能力,甚至具有可爱的魅力,但从根本上深度参与

---

[1] 参见 Boguslavski, Bogomoff and Bor, *Ocherki po izucheniyu prirody zhivotnykh cheloveka* (Yogurt Press, Tashkent, 1936)。(这个恶搞的俄文标题意思是"关于人类动物本性的研究论文"。)

短暂的现象世界,是个奋斗者(strugforlifers)[1],好斗,很投入。

所有伟大的哲学家也许都可以被划分为这两类——超然派和投入派。当然,黑格尔凭借他奇怪而模糊的口才、生动却做作的隐喻——他在维尔茨堡出版的《精神现象学》[2]无疑是只猫头鹰——密涅瓦的猫头鹰,在它的翅膀下,历史哲学(Weltgeschichte of the Weltanschauung)在令人难以置信且有意识的盘旋、翻滚的巨浪与巴洛克式

---

[1] ("顺便说一句,你知道法语中有个迷人的单词'奋斗者'吗?这是个很清晰的概念,我不确定你是否喜欢它。"伯林致珍妮弗·哈特,1936年2月25日。)

[2] 原文为"the Innigkeit of his Vierjahrzeitung","Innigkeit"指人的"内心"或"内在性","Vierjahrzeitung"似为"Vierjahreszeiten"之误,"Vierjahreszeiten"是维尔茨堡的"四季酒店",黑格尔的代表作《精神现象学》于1807年在维尔茨堡出版。黑格尔曾说:"哲学就像一只猫头鹰,总是在黄昏起飞。"而《精神现象学》被认为标志着黑格尔哲学的诞生。因此,这个短语似乎可以理解为,他在维尔茨堡出版的《精神现象学》就是他放飞的哲学猫头鹰。密涅瓦(Minerva)是罗马神话中的智慧女神,猫头鹰是她的圣鸟。——译注

第二版附录

的回旋中,流动和起伏[1],扭曲和转动,进入永恒的寂静。但是,正因为它内心的冲动,它注定与另一种截然不同的动物[2]所象征的尘世挫折相冲突,并超越这种挫折。恰恰相反,迪普莱西-萨勒吉明(Du Plessis-Saaregemines),那个被不公正地忽视的狂热思想家[3],是只猫。从他分析性散文(深刻却实用,寻找一种犀利却原始的解决方案)的紧绷和有力,从猫科动物那种不惜一切手段达到目的的决心,从标志着他散文轻快的高卢节奏的天鹅绒般爪子的步伐,从那漫不经心却又相当精准的扑击,都能看出这一点。这位极其迟钝的哲学家总是独自走在深刻内省的道路上,同时专注于保持建设性矛盾与残酷事实之间的平衡比

---

[1] "流动和起伏"(streaming and undulating)在另一个可能错误的版本中是"冒着热气漫步"(steaming and perambulating)。
[2] 别和熊搞混了。(原文是"polar animal",不能理解成北极熊。——译注)
[3] 由诺特(Knout)教授在第三节目的隐秘部分发现。(迪普莱西-萨勒吉明,不详。——译注)

爱德华·利尔,《猫头鹰与小猫咪》,《荒诞不经的歌曲、故事、植物学和字母表》(*Nonsense Songs, Stories, Botany, and Alphabets*,伦敦,1871)中的插画

例,他总能以敏锐而恶毒的洞察力,既看到森林,又看到树木——在他那轻盈的脚步几乎不会弄乱的秋叶下,正搏动着一种复杂、精巧但无疑属于鼠类的生命,而他正是其命中克星。

如果可以回到我们最初的矛盾——由这些不同的生物所象征——那对我们有什么意义?黑格尔或迪普莱西——或两者都不是?如果我们在论述的展开和推进过程中,抓住这个比喻,拧断它的脖子,榨干它的内涵,敲响[1]我们的钟,全身心投入,我们能抓住的最后一点意义是什么?很可能是这样。尽管猫头鹰和小猫咪之间存在着深刻的矛盾——猫头鹰具有超然、轻浮、逃避、飘忽、主观、朦胧、短暂的特质,而猫则具有世俗、极富感官性、受环境制约、愤世嫉俗、客观的经验模式——难道我们就不能在它们之间,就如在黑格尔和迪

---

[1] 或者是"拧断"?〔在英文中,"敲响"(ring)和"拧断"(wring)发音相同。——译注〕

普莱西之间那样,找到某种亲缘关系,使它们至少区别于我们自己吗?如果能够加以区别,矛盾得到解决,我们就可以将黑格尔与迪普莱西、康德与休谟、柏格森与摩尔、存在主义与逻辑实证主义、辩证法与帕累托法则[1]结合起来。我们的整个推测将被证明是完全有效的。

因为,如果我们在夜间走进一片幽暗的树林,去寻找它们共有、我们却不常见的某种东西——它们享有、我们却从一开始就被剥夺的东西,它们二者都能凭直觉感知到、我们自己却得不到的东西——那么,在奥勃朗斯基的身心体验中,我们会有怎样的感受呢?我们感到困惑、疲惫、烦恼、无关紧要。我们认为,最好还是待在我们本土经验的范围内,待在留声机和录音机、暖气和打字机、丝瓜络和沙发的世界里。当我们在这两种动物夜

---

[1] 帕累托法则又称二八定律,由意大利经济学家帕累托提出,指的是,事物的结果或现象往往是由少数关键因素决定的。——译注

间出没的地方跌跌撞撞时,我们感到光明的世界对我们来说更好。因为尽管我们有聪明才智,有经验所决定的先在条件,有身心一体的直觉,有间接洞察事物的能力,但我们不得不得出结论:与猫头鹰和小猫咪相比,与它们所代表的哲学家相比,在作为其存在理由(raison d'être)、工作方式(modus operandi)、存在和成长模式的黑暗环境中,我们发现自己的视野完全彻底却让人愉悦又感到美妙地处于一种模糊不清的状态。[1]

---

[1] *Punch*,1954 年 2 月 24 日,264。

困在万灵学院

几周前,我去了牛津,与哲学家以赛亚·伯林交谈,他写了一本关于托尔斯泰的书——刺猬那本。我告诉他我对电影(《战争与和平》)的构想,他说听起来很棒。他本来打算上午十一点给我几分钟时间,但到下午四点,我们还在叽叽喳喳地说个不停。……我告诉伯林,他是表演者,我不是;他告诉我,我是哲学家,他不是。他是个好人,我不明白他怎么会迷失。我是说,被困在万灵学院。

迈克尔·托德[1]

---

[1] 采用托德-奥(Todd-AO)电影格式(系统)的电影制片人迈克尔·托德,"The Talk of the Town", *New Yorker*,1955年1月15日,20。弗雷德里克·劳(Frederick Rau)1955年1月23日在给伯林的一张卡片上议论道:"你以后和人交谈时应该更小心,而且要避开托德先生。"

第二版附录

叶礼庭采访伯林

伯林:这是个玩笑,你知道;我从来没认真过。有个人叫牛津勋爵[1],他现在还活着[2],是个虔诚的天主教徒,住在乡下,我是20世纪30年代在牛津认识他的。他突然引用了阿基罗库斯的那句话,然后我们在30年代末玩了一些关于刺猬与狐狸的游戏;我的想法就是这么来的,纯粹是个玩笑之举(jeu d'esprit)。……然后我突然想到,就托尔斯泰的情况而言,他是两者的完美结合。

1989年4月29日

伯林:你说"伯林好像是一只希望自己是刺猬的狐狸"。我从来没有这样希望过。从来没有。

---

1 即阿斯奎斯。——译注
2 他于2011年去世,另见第26页,注释2。

你为什么这么想？我是一只很满足于自己是只狐狸的狐狸。那是我对托尔斯泰的看法，他是一只狐狸，却以为自己是一只刺猬。这是完全不同的，这就是佩里·安德森指责我的原因，说我作为一只狐狸，其实是只刺猬，因为我有一个宏大的中心思想……有某种统一的东西，这是非常错误的，但我遭到了某种指控，不管是因为什么。……在你看来，我是一只什么样的刺猬？我追求的统一视角是什么？不是多元主义或自由主义，不是所有这些相互冲突的价值观。不是一种强迫性的视角。我不会把所有事情都简化成一种视角。

叶礼庭：不，我关于你不是刺猬的观点很明显，我不认为一个自由派多元主义者可以被定义为刺猬……我所说的"刺猬"有不同的意思。我想我的意思是……对那些有中心视角的人有一种深刻的情感上的兴趣，对那种成就有一种困惑和心理上的兴趣。

伯林：只是因为我研究过，因为卡尔·马克思

第二版附录

是一个,托尔斯泰也是一个,等等;但不是这样,我认为那是不对的。我对那些有单一视角的人既不嫉妒,也不痴迷,更没有浓厚的兴趣;相反,我认为他们是非常伟大的、举足轻重的天才,但也很危险……我确实认为他们可以成为一流的天才。那些对宇宙有单一视角的人,如但丁或托尔斯泰……——在我看来,托尔斯泰不是这样的人,但他想拥有单一视角——可是有些人看世界的视角只有一种,他们可能很了不起,但无法诱惑我,(我也不)十分反对(他们)……我钦佩他们,承认他们的重要性或他们的天才……你一定在想,我在某个地方想把这一切拼凑起来……也许你是对的,因为一个人不了解自己,但我要告诉你的是,我这辈子从来没有觉得自己是只刺猬,也没有受到任何成为刺猬的诱惑。我崇拜刺猬——托斯卡尼尼[1]正是

---

[1] 托斯卡尼尼(1867—1957),意大利指挥家、大提琴演奏家。——译注

这类英雄。阿赫玛托娃[1]是只刺猬。哦,他们给我留下了深刻的印象,我为他们深深感动,却不是他们的同道中人,我和他们不在同一个世界。(这是)我作品的一个主题——人类对确定性的渴望是不可动摇的、高尚的、不可救药的,也是非常危险的。这都没错。我不知道这是否高尚,我不确定;不可动摇、不可救药、危险,没错;也许存在高尚者尽显高尚的情形,也存在卑鄙者尽显卑鄙的情形。

1991年4月29日

伯林:后来,由于在华盛顿学会了口授——我一直觉得写字很痛苦——我开始在(牛津)这里口授,我发现这要容易得多。于是两天内口授了……《刺猬与狐狸》。这是因为牛津的《斯拉夫

---

[1] 阿赫玛托娃(1889—1966),俄罗斯诗人,代表作有《黄昏》等。——译注

第二版附录

研究》(《牛津斯拉夫论文集》)——不,我要做一个斯拉夫主题的讲座,这是我认识的俄语教授科诺瓦洛夫[1]介绍给我的,他是新学院的研究员。我就做了这个讲座。他说:"好吧,如果你能写出来,我就愿意发表。"于是我写了出来,然后他拒绝了。没有及时交稿。后来有人介入,文章得救了。文章后来以《关于列夫·托尔斯泰的历史怀疑主义的札记》("Notes about the Historical Scepticism of Lev Tolstoy",即《列夫·托尔斯泰的历史怀疑主义》)为题发表。之前还没有什么人读过这篇文章……一定是有人告诉了(乔治)韦登菲尔德。他看了文章,觉得可以发表……然后韦登菲尔德说:"文章不够长。还不够长——一本小册子可能要更长一点。"所以我把文章加长了一点,加了一些内容,就是现在这样。

1994 年 6 月 5 日

---

[1] 谢尔盖·科诺瓦洛夫(1899—1982),牛津大学俄语教授(1945—1967)。

相关评论

以下节选摘自编辑关于伯林的资料档案。还没有人试图从关于伯林文章的大量二手文献中找出特别有趣的段落(也许这是要做的另一项工作)。

(伯林)发现他是一只刺猬,有一个大的中心思想,只是因为所有人都说他有。

叶礼庭[1]

"狐狸知道很多事情,但刺猬只知一件大事。"

---

[1] "Berlin in Autumn", in Michael Ignatieff and others, *Berlin in Autumn: The Philosopher in Old Age* (*Occasional Papers of the Doreen B. Townsend Center for the Humanities*, 16) (Berkeley, 2000: Doreen B. Townsend Center for the Humanities), 15. 参照 George Crowder, *Isaiah Berlin: Liberty and Pluralism* (Cambridge, 2004), 148。

第二版附录

伯林使阿基罗库斯的这句话出了名,他将它作为一个隐喻来区分(我直白地说)执着于单一问题的狂热者和那些认同麦克尼斯的"醉心于事物多样性"[1]的人。史蒂文·卢克斯提出了伯林式刺猬和狐狸的类型学,并将伯林作为"经验主义、现实主义、客观主义、反非理性主义、反相对主义的狐狸"置于其中。这颇有道理,尽管关于伯林在刺猬/狐狸连续统一体中的确切位置的无休止争论变得——引用伯林自己对过度区分之结果的描述——"做作、迂腐,最终走向荒谬"。

亨利·哈迪[2]

---

[1] 路易斯·麦克尼斯,《雪》("Snow"),第二节结尾,此节开头是:"世界比我们想象的更疯狂,/根深蒂固地多元化。"

[2] "Thoughts of Taj Mahal will leave you as drunk as a fox",评论的是 Mark Lilla, Ronald Dworkin and Robert B. Silvers(eds), *The Legacy of Isaiah Berlin* (New York, 2001: New York Review Books), *Times Higher Education Supplement*,2001 年 11 月 30 日,24—25。卢克斯的引文在那本书第 21 页,伯林的引文在上文第 6 页。

刺猬与狐狸:论托尔斯泰的历史观

伯林那篇关于托尔斯泰的著名文章分析了托尔斯泰的历史观,最著名的(和被引用最多的)是对刺猬与狐狸的区分。这篇文章的力量,它的动机和动力,与其说来自开头的隐喻,不如说来自伯林对托尔斯泰内心斗争的洞察:一方面,托尔斯泰具有天生的"现实感"[1],就像"狐狸","知道很多事情",诚实地意识到生活各方面的独特性,并抵制一切简化和系统化的企图;另一方面,他渴望对作为整体的生活有一种简单、统一、和谐的视角。这种本能与愿望之间不可调和的冲突——托尔斯泰努力去解决却未能成功——最终使托尔斯泰成为一个饱受折磨的悲剧人物,正如伯林在文章出色的结尾强有力地解释的那样。

乔舒亚·彻尼斯和亨利·哈迪[2]

---

[1] 见上文第 iv 页,注释 1。
[2] "我们时代的哲学",终身学习联盟(Alliance for Lifelong Learning)关于伯林的在线课程,2005 年。

第二版附录

（伯林）喜欢按照派对游戏的精神对个人进行分类……通常有两类，而且只有两类。我们可以说，归根结底，你要么是保守派，要么是激进派；或者你要么是刺猬，要么是狐狸；或者你要么是主教，要么是俗人——他的这种"两分法"是无穷无尽的。于是有了一个笑话："世界分为两种人——认为世界分为两种人的人和不这么认为的人。"

布赖恩·马吉[1]

也许与伯林对世界和人类的看法有关的最著名的表述是他文章《刺猬与狐狸》的标题。这句话出自古希腊诗人阿基罗库斯一首诗的残篇："狐狸知道很多事情，但刺猬只知一件大事。"当他将这句话运用于历史上的主要人物身上时，伯林并没有赞扬一种动物而谴责另一种动物。每个人都将

---

[1] "Isaiah As I Knew Him", in Henry Hardy (ed.), *The Book of Isaiah: Personal Impressions of Isaiah Berlin* (Woodbridge, 2009), 53.

两者结合在一起,尽管所占比例及相互作用不同。就此而言,这句名言并不能作为人生的保险杠贴纸——这是恰当的,因为伯林对口号和灵丹妙药持谨慎态度。然而,他自己——他自己的刺猬——确实有一个大的观点,而且这个观点(也恰如其分地)自相矛盾:要警惕大的观点,尤其当这些大的观点落入政治领导人手中的时候。

斯特罗布·塔尔博特 [1]

---

[1] Isaiah Berlin, *The Soviet Mind: Russian Culture under Communism*, ed. Henry Hardy (Washington, 2004), 前言, xiii。

第二版附录

《纽约书评》的一次通信[1]

约翰·S. 鲍曼的信函

以赛亚·伯林作品评论的共同作者提到了一个经常被引用的短语——伯林用古希腊早期诗人阿基罗库斯诗句的残篇,作为他的文章《刺猬与狐狸》的警句(题记)、标题和主要隐喻。[2] 根据伯林的引述,阿基罗库斯说:"狐狸知道很多事情,但刺猬只知一件大事。"伯林接着比较了"狐狸"托尔斯泰和"刺猬"陀思妥耶夫斯基,他又觉得,阿基罗库斯的名言似乎是说,有两种不同的方式可以接近或认识现实,简单地说,一种是广博的通才之路,

---

1 1980年9月25日,67—68(鲍曼、利伯森和摩根贝瑟);1980年10月9日,44(伯林)。

2 Jonathan Lieberson and Sidney Morgenbesser, "The Choices of Isaiah Berlin"[这是《反潮流》(*Against the Current*)书评的第二部分], *New York Review of Books*, 1980年3月20日, 31—36, at 36。

另一种是专注的专家之路。

我承认,这过于简化了伯林观点的微妙之处,但我无意指责伯林什么。我甚至不知道谁翻译了他所引用的阿基罗库斯的诗句。我的观点是,自从伯林多年前引用阿基罗库斯的名言以来,这种解读一直占据着主导地位:如今,当人们提到"刺猬与狐狸"时,他们通常指的是这种截然不同的看待世界的方式。此外,人们普遍倾向于狐狸的方式——尽管这可能完全是我自己的偏见。例如,伯林的评论家们提到他的"多元主义"和他所代表的西方自由主义传统的其他方面时,某种程度上暗示的是,我们因为知道很多事情而变得更好。

再说一次,这可能是我自己的偏见。至少我们可以承认,伯林的翻译——以及他的论点——赋予了这两种动物同等的地位。然而,当我们仔细研究阿基罗库斯的原话,或者其他一些译本时,这个问题就不那么清楚了。首先,"事情"(thing)往往会变成"诡计"(trick),而伯林的刺猬知道的

"一件大事"就是如何把自己蜷缩成一个球,以逃避敌人——可能包括狐狸。因此,即使没有明说,这句话也在暗示:虽然狐狸知道很多诡计,但最终是有一个"大诡计"的刺猬打败了狐狸。在这种解读中,托尔斯泰和陀思妥耶夫斯基不仅走上了通往现实的不同道路,他们还会发生冲突——陀思妥耶夫斯基会以机智胜过托尔斯泰!

对这个版本的阿基罗库斯最忠实的翻译来自盖伊·达文波特,当时他第一次翻译原文,声称自己就是按照字面翻译的:"狐狸知道很多,/刺猬只知一个/可靠的诡计。"(Fox knows many, / Hedgehog one / Solid trick.)[1] 达文波特随后提供了另一种翻译,他声称这种翻译表达了原文的真正主旨:"狐狸知道/很多/诡计,仍然/被抓住:/刺

---

[1] *Carmina Archilochi: The Fragments of Archilochus* (Berkeley, 1964), 64. 这个残篇用拉丁字母转写过来是"poll' oid' alōpēx, all' ekhinos hen mega"。按照同样的顺序,这句话的意思是:"狐狸知道很多(事情),但刺猬只知一件大(事)。"这种可靠与狡黠完全是合乎情理的,但并非字面上的意思。

猬只知/一计,但它/总是有效。"(Fox knows / Eleventythree / Tricks and still / Gets caught; / Hedgehog knows / One but it / Always works.)并不是所有的译者都这么解读,但有人确实暗示:刺猬的单个诡计胜过狐狸的很多诡计;刺猬的诡计实际上可能会打败狐狸。

问题并没有结束。至少有一位研究这个问题的学者(像刺猬?像狐狸?)提出,虽然刺猬可能会让自己蜷成一团来躲避狐狸,但人们观察到,实际上,狐狸可能会把刺猬从斜坡上推到水里,刺猬要么淹死,要么被迫上岸,被狐狸杀死。评论伯林的那些人可能就在暗示这一点,他们写道,"一个讽刺家会说",这个世界上的刺猬知道的一件大事就是,"并不存在,或者说不应该存在任何关于人类事务的可供阐述的刺猬式论点"。(请注意,受到青睐的还是狐狸的方式。)

但我愿意叫停这种循环。我的问题很简单:这本杂志的读者对这个话题有什么确定的想法吗?至于为什么我们都应该关心这个话题,是因为伯林版本的阿基罗库斯名言每年都会在这样的杂志上被提及几次——有两种认识现实而非与敌人作战的不同方式,这两种方式至少具有相同的价值。当然,我们应该都想知道这个典故是基于什么。[1]

无论回应如何,我都不指望看到人们停止对阿基罗库斯的这种解(误)读……

约翰·S. 鲍曼
马萨诸塞州北安普顿

摘自乔纳森·利伯森和西德尼·摩根贝瑟的回复

正如我们认识的几位希腊学者向我们保证的那样,鲍曼先生似乎是正确的,阿基罗库斯的诗歌残篇可以有不同的解释。事实上,这一残篇中似

---

[1] 下文所引的葆拉·科雷亚的文章(第180页,注释1)对各种可能的解释有非常充分的阐述。

乎包含了对"实用知识"(或者,更好的说法是,懂得如何在世界上"生存"的狡猾)这一古老世俗传统的暗示,这表明刺猬确实与狐狸"竞争",并且知道狐狸所不知道的一个"可靠的"诡计——正如盖伊·达文波特(由鲍曼先生引用)和弗朗索瓦·拉塞尔的翻译表明的那样。[1] 因此,我们最担心的是,对于阿基罗库斯的诗歌残篇,没有一种完全正确的解释——只有许多不同的充满争议的解释。

但在这封迷人而严肃的信中,鲍曼先生提出或暗示了一些关于多元主义、现实和知识的问题,在这里只能讨论其中的一些问题。一些读者认为,我们的文章暗示伯林支持一种当前流行的观点(有时称为"多元主义"),即在任何给定的时间里,科学家都拥有许多相互矛盾的理论,但根据现

---

[1] 拉塞尔确定了《阿基罗库斯:残篇》(*Archiloque: Fragments*, Paris, 1958)的文本,但翻译是由安德烈·博纳尔完成的,他在该书第54页翻译了这个残篇:"狐狸知道很多把戏。刺猬只知道一个,但很出名。"(该注释中的引文原文为法语。——译注)

第二版附录

有资料,这些理论同样是可信的,而且,他们享受着从这些理论中挑挑拣拣的奢侈,无论是基于简单性、意识形态还是美学考虑。我们认为这种对伯林的理解是基于对他作品的误读。诚然,他对维柯[1]和赫尔德[2]的有力辩护使他坚持多元主义的观点,即不同的文化可能有各自解释人类经验的方式。但是,这种多元主义观点适用于历史和人文学科,并且不是我们刚刚概述的极端相对主义观点。伯林并不认为维柯和赫尔德的观点是确定无疑的,但他确实认为,他们的观点比笛卡尔、伏尔泰及其现代继承者等更知名的思想家的观点更可信。

人们经常认为,伯林坚持人文和社会科学的方法不适用于自然科学的主题。据说他认为,历

---

[1] 维柯(1668—1744),意大利哲学家,以《新科学》闻名。——译注
[2] 赫尔德(1744—1803),德国哲学家、路德派神学家和诗人。——译注

史学家可能（或确实）通过特殊的理解或领悟（Verstehen）来获得知识。他没有这么说过。正如我们所讨论的，伯林为一些独立的观点辩护，这些观点需要区分这样的措辞，如"知道某事是这样的""知道如何做某事""知道成为某物意味着什么"等。伯林还提醒我们注意各种认知技能，我们证实假设时，甚至理解假设时都需要这些技能。我们对伯林的观点提出了一些限定条件，但即使我们的限定条件被忽视或拒绝，我们也相信最好的解释是，他至多坚持认为，有一些方法可以认识某些现实，还有一些方法可以认识其他现实的其他方面，而不是像鲍曼所暗示的那样，存在认识"现实"的其他方法……

以赛亚·伯林的回复

在那封礼貌而迷人的信中，鲍曼先生说他没有指责我什么，却暗示道，我所引用的阿基罗库斯关于狐狸和刺猬的诗句的英译可能曲解了诗人的意思,还说他不知道谁对英译负责。事实是,第一次在迪尔著名的英译本[1]中看到这句话时(我是被赫尔德的一篇文学随笔中关于阿基罗库斯的一段话[2]引到这里的),我觉得它似乎很适合作为一篇关于托尔斯泰历史观的文章的题记,当时我正考虑为牛津的一份期刊撰稿(我应该补充一下,那篇文章的原标题是《论列夫·托尔斯泰的历史怀疑主义》[3],现在的书名是出版商[4]出书时提议的)。我不是希腊学者,所以我向我认识的三位最权威的希腊学者——爱德华·弗伦克尔、莫里斯·鲍勒和 E. R. 多兹——请教这句话的确切含

---

1 Ernst Diehl (ed), *Anthologia lyrica graeca* (Leipzig, 1923 - 1925). 伯林在这里没有提及他在其他地方(如上文第 159 页)说到的内容,即阿斯奎斯首先引起了他对残篇的注意。

2 可能指赫尔德的《人类历史哲学论纲》(*Ideen zur Philosophie der Geschichte der Menschheit*, 1784 - 1791)第三部分,第十三册,第五章,《希腊人的科学实践》。他在其中写道:"阿基罗库斯许多遗失的残篇在哪里……?"

3 实际上是《列夫·托尔斯泰的历史怀疑主义》,见上文 xi。

4 韦登菲尔德与尼科尔森出版社的乔治·韦登菲尔德。

义,问他们译者们(鲍曼引用了其中一些人的翻译)给出的最明显的意思——狐狸有很多诡计,而刺猬只知一种,这一诡计能保护刺猬不受狐狸的所有诡计伤害——是不是唯一合理的含义。

三位学者,弗伦克尔和鲍勒都是亲口说的,多兹是写在明信片(唉,四分之一世纪后,我找不到了)上的,残篇的意思并不明确:它可能确实是鲍曼先生(和我)所认为的意思;但我提出的直译在他们看来同样可行;因此,我有理由把它作为我关于托尔斯泰《战争与和平》尾声的论文的题记。多兹在"事情"后面加上了"小",我接受了这一点。[1]不用说,我从不认为,一和多、一元论和多元论这样的概念,或者巴门尼德及其批评家们的观念,能够以任何形式出现在阿基罗库斯的头脑中。我把他那个孤立的诗句当作一个基点,用以阐发我自己的感想;我提醒读者,刺猬与狐狸的隐喻不能过

---

[1] 然而,他并没有把"小"加到他的译文中。

度解读;它最多只是我的中心主题的一个开场白,这个主题就是关于托尔斯泰历史观的心理学根源的假设。我更没有暗示狐狸比刺猬优越;这从来不是我的观点。我不做价值判断。如果鲍曼先生是对的(我不知道他是不是对的),我确实误导了那些粗心大意的人,让他们误解了阿基罗库斯的诗句,我只能辩解说,我是按照当时我所能得到的最好的建议行事的;如果这位作家——欧洲最早的确实存在的诗人之一——的名字因此被许多原本可能永远不会听说他的人所知,那么,这或许可以用来反驳鲍曼先生及其他人对我那些杰出顾问在这个话题上的观点的合理性的怀疑。

我愿借此机会感谢西德尼·摩根贝瑟先生和乔纳森·利伯森先生的解释性信件,他们所说的,我完全同意。

以赛亚·伯林

英国牛津

编者后记

最近,尤恩·鲍伊对这个残篇的可能含义进行了新的解读。[1] 他认为这句话可能来自一首诗,是阿基罗库斯和他试图诱惑的女人之间的对话。这句话可能是那个女人说的,她说狐狸(阿基罗库斯)也许有很多诱人的诡计,但她(刺猬)的武器库中有一个决定性的手段,就是蜷成一团,(至少从正面)阻止他的进攻。希腊语中,"刺猬"一词也可能用来指女性的生殖器,这将支持这种解释。鲍伊的假设是基于两份纸莎草残篇(分别于1954年和1974年首次发表),其中一首抑扬格诗主要

---

[1] 个人通信,2012 年。另见 Paula Correa, "The Fox and the Hedgehog", *Phaos* 1 (2001), 81-92(见 90-91),修订为"A Raposa e o Porco-Espinho" (201) in id., *Um bestiário arcaico: fábulas e imagens de animais na poesia de Arquíloco* (Campinas, 2010), 163-178(见 175-178);以及 Luca Bettarini, "Archiloco fr. 201 W.: meglio volpe o riccio?", *Philologia antiqua* 2 (2009), 45-51 at 49。

是阿基罗库斯和他正在引诱的女人之间的对话。[1] 在利用狐狸与鹰的寓言(残篇 172—181)和狐狸与猿的寓言(残篇 185—187)进行创作的诗歌中,阿基罗库斯显然将自己认同为狐狸,这暗示了他被描绘成狐狸而不是刺猬。

葆拉·科雷亚在一篇文章中介绍了鲍伊的假设,文章明智地总结道:"对于今天那些试图断章取义地阅读(这一残篇)的人来说,它像刺猬一样蜷缩起来,或许再狡猾的人也不能在不用暴力的情况下揭示它的某些含义。"[2]

---

1 West, op. cit.(第 3 页,注释 2),残篇 23 和 196A。
2 op. cit.(第 180 页,注释 1)91(178)。

索引[1]

道格拉斯·马修斯(Douglas Matthews)

Aeschylus,埃斯库罗斯,121

Akhmatova, Anna Andreevna,阿赫玛托娃,安娜·安德烈耶夫娜,162

Akhsharumov, Nikolay Dmitrievich,阿赫沙鲁莫夫,尼古拉·德米特里耶维奇,14,56,66

Alembert, Jean le Rondd',达朗贝尔,让·勒朗,117

Alexander I, Tsar of Russia,亚历山大一世,俄罗斯沙皇,31,39,44,49,96,103,107

Anderson, Perry R.,安德森,佩里·R.,160

---

[1] 在原版书中,正文里的人名常常只出现姓氏,而索引里的人名多为完整的版本;且索引条目里的表述有时是对正文中相关内容的概括,与正文里的表述有所出入。中译本的索引条目均按照原版书索引条目进行直译,并将原版书索引条目的页码转换为中译本里相应内容所在页面的页码,故译注中的内容不在索引范围内。——译注

索引

Annenkov, Pavel Vasil'evich, and Turgenev's view of Tolstoy, 安年科夫, 帕维尔·瓦西里耶维奇, 与屠格涅夫对托尔斯泰的看法, 10—11

Annunzio, Gabriele d', 邓南遮, 加布里埃尔, 83

Aquinas, St Thomas, 阿奎那, 圣托马斯, 116—117, 131—132

Archilochus, 阿基罗库斯 3—4, 141, 159, 165, 167, 169—171, 173—174, 176—181

Aristotle, as "fox", 亚里士多德, 作为"狐狸", 5, 141

Asquith, Julian Edward George, 阿斯奎斯, 朱利安·爱德华·乔治, see Oxford and Asquith, 2nd Earl of, 见牛津与阿斯奎斯, 第二代伯爵

Augustine of Hippo, St, 圣奥古斯丁, 希波的, 127

Austerlitz, battle of (1805), 奥斯特里茨, 战役(1805), 29, 92, 110

Authority, Maistre's belief in, 权威, 迈斯特的观点, 83, 99—101, 133

Bagration, Prince Petr Ivanovich, 巴格拉季翁, 彼得·伊万诺维奇, 亲王, 29—30

Balzac, Honoré de, 巴尔扎克, 奥诺雷·德, 5

Barrès, Maurice Auguste, 巴雷斯, 莫里斯·奥古斯特, 132

Barsotti, Charles, 巴尔索蒂, 查尔斯, xi

Bartenev, Petr Ivanovich, 巴尔捷涅夫, 彼得·伊万诺维奇, 82

Beaumarchais, Pierre-Augustin Caron de, 博马舍, 彼埃尔-奥古斯丁·加隆·德, 43

Belinsky, Vissarion Grigor'evich, friendship with Botkin, 别林斯基, 维萨里昂·格里戈里耶维奇, 与博特金的友谊, 12

Bennett, (Enoch) Arnold, 本涅特, (伊诺克)阿诺德, 16, 35

Bennigsen, General Levin August Gottlieb Theofil, Count, 贝尼格森, 莱文·奥古斯特·戈特利布·特奥菲尔, 将军, 伯爵, 34

Bergson, Henri, 柏格森, 亨利, 54, 156

Berthier, Marshal Louis-Alexandre, 贝蒂埃, 路易-亚历山大, 元帅, 110

Bettarini, Luca, "Archiloco fr. 201 W.: meglio volpe o riccio?", 贝塔里尼, 卢卡, 《狐狸与刺猬, 谁更胜一筹?》, 180

Biryukov, Pavel Ivanovich, 比留科夫, 帕维尔·伊万诺维奇, 15, 93

Blake, William, 布莱克, 威廉, 131

Blok, Aleksandr Aleksandrovich, 勃洛克, 亚历山大·亚历山德罗维奇, 7

Bonnard, André, 博纳尔, 安德烈, 174

Borodino, battle of (1812), 博罗季诺, 战役(1812), 30, 33, 45

Botkin, Vasily Petrovich, view of Tolstoy, 博特金, 瓦西里·彼得罗维奇, 对托尔斯泰的看法, 12, 18

bourgeoisie, Marx on self-deception, 资产阶级, 马克

思论自我欺骗,48

Bowie, Ewen Lyall, 鲍伊, 尤恩·莱尔, xii, 180—181

Bowle, John Edward, "The Owl and the Pussy-Cat", 鲍尔, 约翰·爱德华, 《猫头鹰与小猫咪》, xi—xii, 151—153, 155—157

Bowman, John S., 鲍曼, 约翰·S., 169, 173—174, 176, 178—179

Bowra, (Cecil) Maurice, 鲍勒, (塞西尔)莫里斯, 4, 177—178; *On Greek Margins*, 《论希腊边缘诗人》, 4

Boyer, Paul, 博耶, 保罗, 33, 80

Büchner, Friedrich Karl Christian Ludwig, 毕希纳, 弗里德里希·卡尔·克里斯蒂安·路德维希, 125

Buckle, Henry Thomas, 巴克尔, 亨利·托马斯, 52, 75

Burke, Edmund, 伯克, 埃德蒙, 55, 132

Cabanis, Pierre Jean Georges, 卡巴尼斯, 皮埃尔·让·乔治, 111

Carlyle, Thomas, 卡莱尔, 托马斯, 131

Catherine II ("the Great"), Empress of Russia, 叶卡捷琳娜二世(大帝), 俄罗斯女皇, 23

Catholics, 天主教(会): counter-revolutionaries, 反革命分子, 98; Maistre on, 迈斯特的观点, 131, 135

Chateaubriand, François-René-Auguste, vicomte de, 夏多布里昂, 弗朗索瓦-勒内-奥古斯特, 子爵, 131

Chekhov, Anton Pavlovich, 契诃夫, 安东·巴甫洛维

奇,7

Cherniss, Joshua Laurence, and Henry Hardy, "A Philosophy for Our Time", 彻尼斯,乔舒亚·劳伦斯, 与亨利·哈迪,"我们时代的哲学",166

Chernyshevsky, Nikolay Gavrilovich, and Tolstoy, 车尔尼雪夫斯基,尼古拉·加夫里诺维奇,与托尔斯泰,75

Chesterton, Gilbert Keith, 切斯特顿,吉尔伯特·基思,129

choice (individual), 选择(个人): freedom of, 选择的自由,48,79—80,117,124—125; Tolstoy disbelieves in, 托尔斯泰不相信选择,48,51,118—120

Cobbett, William, 科贝特,威廉,129

Coleridge, Samuel Taylor, 柯勒律治,塞缪尔·泰勒,131

Comte, Isidore Auguste François Marie Xavier, 孔德,伊西多尔·奥古斯特·弗朗索瓦·玛丽·格扎维埃,26,75

Correa, Paula, "The Fox and the Hedgehog", 科雷亚,葆拉,《狐狸与刺猬》,173,180—181

Crimean War (1854 - 1855), 克里米亚战争(1854—1855),81,85,95

Crowder, George, *Isaiah Berlin: Liberty and Pluralism*, 克劳德,乔治,《以赛亚·伯林:自由与多元主义》,164

Danilevsky, Nikolay Yakovlevich, 丹尼列夫斯基,尼古

拉·雅科夫列维奇,15

Dante Alighieri, as "hedgehog",但丁·阿利吉耶里,作为"刺猬",5,8,144,161

Darwin, Charles Robert,达尔文,查尔斯·罗伯特,27

Davenport, Guy Mattison,达文波特,盖伊·麦迪森,171,174

Decembrists,十二月党人,10,78,95

Descartes, René,笛卡尔,勒内,175

determinism, Tolstoy on,决定论,托尔斯泰的观点,51,53,118—119,122—123

dialectic,辩证法,156

Dickens, Charles John Huffam,狄更斯,查尔斯·约翰·赫法姆,23

Diderot, Denis,狄德罗,德尼,43,73,111

Diehl, Ernst,迪尔,恩斯特,177

Distributists,分配主义者,129

Dodds, Eric Robertson,多兹,埃里克·罗伯逊,177—178

Dostoevsky, Fedor Mikhailovich,陀思妥耶夫斯基,费奥多尔·米哈伊洛维奇:as "hedgehog",作为"刺猬",5—8,142,144,148,169,171;speech on Pushkin,关于普希金的演讲,6; contrasted with Tolstoy,与托尔斯泰的对比,71; and natural sciences,与自然科学,75; influenced by Proudhon,受蒲鲁东的影响,101

Edel, Joseph Leon, letter to,埃德尔,约瑟夫·莱昂,致埃德尔的信,145

187

Eikhenbaum, Boris Mikhailovich, 艾亨鲍姆, 鲍里斯·米哈伊洛维奇: on Tolstoy's view of history, 论托尔斯泰的历史观, 16, 62—63; on Tolstoy's research for *War and Peace*, 论托尔斯泰为《战争与和平》做的研究, 72; and Maistre's influence on Tolstoy, 论迈斯特对托尔斯泰的影响, 85; and Proudhon's influence on Tolstoy, 论蒲鲁东对托尔斯泰的影响, 100

empiricism, Tolstoy's, 经验主义, 托尔斯泰的, 21, 75, 104, 121—122, 131

Encyclopedists (French), 百科全书派（法国）, 75, 98

Enghien, Louis-Antoine-Henri Condé, duc d', 昂吉安, 路易-安托万-亨利·孔代, 公爵, 86

Enlightenment (French), influence on Tolstoy, 启蒙运动（法国）, 对托尔斯泰的影响, 73

Erasmus, Desiderius, 伊拉斯谟, 德西德里乌斯, 5

Errera, Roger (of Calmann-Levy publishers), letter to, 埃雷拉, 罗杰（卡尔曼-列维出版社）, 致埃雷拉的信, 144

evil, Maistre on man as, 邪恶, 迈斯特论人类的邪恶, 83, 122

executioner, Maistre on, 刽子手, 迈斯特的观点, 101

existentialists, 存在主义者, 65, 156

Fascism, 法西斯主义, 83

Fet, Afanasy Afanas'evich (pseudonym of Afanasy

Afanas'evich Senshin),费特,阿法纳西·阿法纳西耶维奇(阿法纳西·阿法纳西耶维奇·森申的笔名),12,18

Flaubert, Gustave,福楼拜,居斯塔夫:view of Tolstoy,对托尔斯泰的看法,11,57;artistic purism,艺术纯粹主义,37

Flower, Desmond John Newman,弗劳尔,德斯蒙德·约翰·纽曼,16

Fraenkel, Eduard David Mortier,弗伦克尔,爱德华·大卫·莫尔捷,177—178

Frederick II ("the Great"), King of Prussia,腓特烈二世(大帝),普鲁士国王,92

free will,自由意志,27,47,51,80

Freemasons, Tolstoy on,共济会,托尔斯泰的观点,78,110

French Revolution,法国大革命;effect on optimistic rationalism,对乐观理性主义的影响,95;anticlericalism,反教权主义,98—99;Roman Catholic view of,罗马天主教的看法,98;Maistre and,与迈斯特,128

Georges, Marguerite Joséphine Weimer,乔治,玛格丽特·约瑟芬·魏默,86

Gibbon, Edward,吉本,爱德华,52

Gide, André Paul Guillaume,纪德,安德烈·保罗·吉约姆,37

God, Maistre's faith in,上帝,迈斯特的信仰,107—108

Goethe, Johann Wolfgang von,

歌德,约翰·沃尔夫冈·冯: as "fox", 作为"狐狸", 5, 141; and knowledge, 与知识, 131

Gogol, Nikolay Vasil'evich, 果戈理,尼古莱·瓦西里耶维奇: relation to Pushkin and Dostoevsky, 与普希金和陀思妥耶夫斯基的关系, 7; contrasted with Tolstoy, 与托尔斯泰的对比, 71

Gorky, Maxim (pseudonym of Aleksey Maksimovich Peshkov), 高尔基,马克西姆(阿列克谢·马克西莫维奇·彼什科夫的笔名), 101

Görres, Johann Joseph von, 格雷斯,约翰·约瑟夫·冯, 129

Grant, Sheila Sokolov, letter to, 格兰特,希拉·索科洛夫,致格兰特的信, 143

Greece (ancient), Maistre on, (古)希腊,迈斯特的观点, 106—107

Gusev, Nikolay Nikolaevich, 古谢夫,尼古拉·尼古拉耶维奇, 26

Halban, Aline (later Berlin), 哈尔班,艾琳(后姓伯林), ix

Hardy, Henry Robert Dugdale, 哈迪,亨利·罗伯特·达格代尔: (ed.) *The Book of Isaiah*, (编)《以赛亚书》, v, 167; "Thoughts of Taj Mahal will leave you as drunk as a fox" (review), 《想到泰姬陵会让你醉得像只狐狸》(评论), 165; see also Cherniss, Joshua Laurence, 另见彻尼斯,乔舒

亚·劳伦斯

Hart, Jenifer Margaret, 哈特, 珍妮弗·玛格丽特, 152

Haumant, Émile, 奥芒, 埃米尔, 16, 93

Hedgehog and the Fox, The (IB), commentaries and remarks on, 《刺猬与狐狸》(伯林), 对此书的评论, 141—179

Hegel, Georg Wilhelm Friedrich, 黑格尔, 格奥尔格·威廉·弗里德里希: as "hedgehog", 作为"刺猬", 5; influence on Tolstoy, 对托尔斯泰的影响, 21—22; influence on Slavophils, 对斯拉夫主义者的影响, 76; Schelling and, 与谢林, 76; as "owl", 作为"猫头鹰", 152, 155—156

Heine, Christian Johann Heinrich, "Zum Lazarus", 海涅, 克里斯蒂安·约翰·海因里希, 《致拉撒路》, 23

Herder, Johann Gottfried, 赫尔德, 约翰·戈特弗里德, 175, 177

Herodotus, 希罗多德, 5

history, 历史: Tolstoy's view of, 托尔斯泰的历史观, 9—27, 29—36, 45—47, 61, 72, 105—106, 111—112, 119—120, 134—136, 147, 166, 177; Marx on as science, 马克思论历史科学, 26—27; Chernyshevsky on, 车尔尼雪夫斯基的观点, 75; Maistre on, 迈斯特的观点, 105—108, 113—114, 120—122, 126—127

Homer, 荷马, 3—4

Hume, David, 休谟, 大卫, 23,

191

Ibsen, Henrik, 易卜生, 亨利克, 5

Idealist movement (German), 唯心主义运动 (德国), 76, 79, 122

Ignatieff, Michael Grant, 叶礼庭: interview with IB, 采访伯林, 159—163; "Berlin in Autumn", 《秋天的伯林》, v, 164; *Isaiah Berlin: A Life*, 《伯林传》, ii

Il'in, Ivan Aleksandrovich, 伊林, 伊万·亚历山德罗维奇, 15

intelligentsia, Tolstoy's aversion to, 知识分子, 托尔斯泰的反感, 76, 97

irrational, Maistre on, 非理性, 迈斯特的观点, 88, 95—96, 119

Isenschmid, Andreas, "Isaiah Berlin: Ein Porträt" (broadcast), 伊森施密德, 安德烈亚斯, 《以赛亚·伯林之肖像》(广播), 141

Ivan IV ("the Terrible"), Tsar of Russia, 伊凡四世 (恐怖的伊凡), 俄罗斯沙皇, 26, 43

Ivanov, Nikolay Andreevich, 伊万诺夫, 尼古拉·安德烈耶维奇, 26

Jacobins, 雅各宾派, 74

James, Henry, as "hedgehog", 詹姆斯, 亨利, 作为"刺猬", 142

Jesuits, 耶稣会士: Tolstoy hates, 托尔斯泰的憎恨, 103; expelled from Russia, 被逐出俄罗斯, 104

Job, Book of, 《约伯记》, 121

Joyce, James Augustine Aloysius,乔伊斯,詹姆斯·奥古斯汀·阿洛伊修斯,5

Juvenal (Decimus Junius Juvenalis),尤维纳利斯,德西穆斯·尤尼乌斯,107

Kant, Immanuel,康德,伊曼努尔:on "crooked timber of humanity",论"扭曲的人性之材",x;Bowle on,鲍尔的观点,156

Kareev, Nikolay Ivanovich,卡列耶夫,尼古拉·伊万诺维奇,16,57—61,65

Kautsky, Karl,考茨基,卡尔,16

knowledge, rival forms,知识,对立的形式,127—131

Konovalov, Sergey Aleksandrovich,科诺瓦洛夫,谢尔盖·亚历山德罗维奇,xiii,163

Kurbsky, Prince Andrey Mikhailovich,库尔布斯基,安德烈·米哈伊洛维奇,王子,43

Kutuzov, Marshal Mikhail Illarionovich Golenishchev,库图佐夫,米哈伊尔·伊拉里奥诺维奇·戈列尼谢夫,元帅,50—51,56,86,110,112,117,119,132—133,149

Lamennais, Hugues Félicité Robert de,拉梅内,于格·费利西泰·罗贝尔·德,101

La Mettrie, Julien Offray de,拉·梅特里,朱利安·奥弗雷·德,111

Laplace, Pierre-Simon, marquis de,拉普拉斯,皮埃尔-西蒙,侯爵,46,111

Lasserre, François,拉塞尔,弗朗索瓦,174

Lear, Edward, "The Owl and the Pussy-Cat", 利尔, 爱德华,《猫头鹰与小猫咪》, 154

Lenin, Vladimir Ilyich, and Tolstoy, 列宁, 弗拉基米尔·伊里奇, 与托尔斯泰, 16

Leon, Derrick, 莱昂, 德里克, 15

Leont'ev, Konstantin Nikolaevich, 列昂季耶夫, 康斯坦丁·尼古拉耶维奇, 15

liberalism, 自由主义: and social contract, 与社会契约, 44—45; Tolstoy on, 托尔斯泰的观点, 122—123

liberty (freedom), Tolstoy on, 自由, 托尔斯泰的观点, 52—53

Lieberson, Jonathan, and Sidney Morgenbesser, "The Choices of Isaiah Berlin", 利伯森, 乔纳森, 与西德尼·摩根贝瑟,《以赛亚·伯林的选择》, 169, 173, 179

Lilla, Mark, Ronald Dworkin and Robert Benjamin Silvers (eds), *The Legacy of Isaiah Berlin*, 里拉, 马克, 罗纳德·德沃金与罗伯特·本杰明·西尔弗斯(编),《以赛亚·伯林的遗产》, 165

logical positivism, 逻辑实证主义, 156

Louis XIV, King of France, 路易十四, 法国国王, 38

Louis XVIII, King of France, 路易十八, 法国国王, 40

Lubbock, Percy, 卢伯克, 珀西, 15

Lucretius (Titus Lucretius Carus), 卢克莱修(提图

斯·卢克莱修·卡鲁斯),5
Lukes, Steven, 卢克斯,史蒂文,165

MacNeice, Frederick Louis, 麦克尼斯,弗雷德里克·路易斯,165
Magee, Bryan Edgar, "Isaiah As I Knew Him", 马吉,布赖恩·埃德加,《我所认识的以赛亚》,167
Maistre, Joseph Marie, comte de, 迈斯特,约瑟夫·德,伯爵: career and ideas, 生平与观念,82—89, 100—103, 116—117, 128, 134—135; influence on Tolstoy, 对托尔斯泰的影响,82—88,96—99, 103—106, 116—117, 119, 133—134, 142—143,149—150; on man as evil, 论人类的邪恶,83, 122; hostility to belief in rational, 对理性的敌意,88, 95—96, 119; and fall of Speransky, 与斯佩兰斯基的倒台,96; opposes Encyclopedists, 反对百科全书派,98; on authority, 论权威,83, 99—101, 133; missionary activities in St Petersburg, 在圣彼得堡的传教活动,103; view of history, 历史观,105—108, 113—114, 120—122, 126—127; on original sin, 论原罪,122; on knowledge, 论知识,129—133; *Correspondance diplomatique*, 《外交信函》,85; *Les Soirées de Saint-Pétersbourg*, 《圣彼得堡夜话》,84—85, 90,149

195

Maistre, Rodolphe de, 迈斯特,鲁道夫·德, 85

Marx, Karl Heinrich, 马克思,卡尔·海因里希; on history as science, 论历史科学, 26—27; Tolstoy and, 与托尔斯泰, 27; on self-deception of bourgeoisie, 论资产阶级的自我欺骗, 48; as "hedgehog", 作为"刺猬", v, 160

Maude, Aylmer, 莫德,艾尔默, 16, 27

Maupassant, Guy de, 莫泊桑,居伊·德, 37

Merezhkovsky, Dmitry Sergeevich, 梅列日科夫斯基,德米特里·谢尔盖耶维奇, 15

Mikhailov, Mikhail Larionovich, 米哈伊洛夫,米哈伊尔·拉里奥诺维奇, 23

Mill, John Stuart, 穆勒,约翰·斯图尔特, 75

Moleschott, Jacob, 莫勒斯霍特,雅各布, 125

Molière (Jean Baptiste Poquelin), 莫里哀(让·巴蒂斯特·波克兰), 5

Monge, Gaspard, comte de Péluse, 蒙日,加斯帕尔,佩吕斯伯爵, 117

Montaigne, Michel Eyquem, seigneur de, as "fox", 蒙田,米歇尔·埃康,作为"狐狸", 5

Montesquieu, Charles Louis de Secondat, baron de, 孟德斯鸠,夏尔·路易·德·塞孔达,男爵, 23, 113; *De l'esprit des lois*, 《论法的精神》, 113

Moore, George Edward, 摩尔,乔治·爱德华, 156

morale, in war, 士气,战争中的, 30, 87, 91

Moscow, in *War and Peace*, 莫斯科,《战争与和平》中的, 31

Moses (Biblical figure), 摩西 (《圣经》中的人物), 127

Napoleon I (Bonaparte), Emperor of the French, 拿破仑一世(波拿巴), 法国皇帝: Tolstoy on, 托尔斯泰的观点, 34, 38—43, 45, 49, 86, 93, 111, 133, 149; Kareev on, 卡列耶夫的观点, 60; exiles king of Sardinia, 流放撒丁国王, 84; and suffering, 与受罪, 121

Navalikhin, S. (pseudonym of Vil'gel'm Vil'gel'movich Bervi, also known as Vasily Vasil'evich Bervi-Flerovsky), 纳瓦利欣, S. (维尔格尔姆·维尔格尔莫维奇·别尔维的笔名, 也被称为瓦西里·瓦西里耶维奇·别尔维-弗列罗夫斯基), 13

Nazar'ev, Valer'yan Nikolaevich, 纳扎列夫, 瓦列里扬·尼古拉耶维奇, 25

Newton, Isaac, 牛顿, 艾萨克, 116

Nicholas I, Tsar of Russia, 尼古拉一世, 俄罗斯沙皇, 95

Nietzsche, Friedrich Wilhelm, 尼采, 弗里德里希·威廉: as "hedgehog", 作为"刺猬", 5; and Maistre, 与迈斯特, 83, 142

nihilism, attributed to Tolstoy, 虚无主义, 被归于托尔斯泰, 19, 76, 94, 100, 125

Norov, Avraam Sergeevich, 诺罗夫, 阿夫拉姆·谢尔盖耶维奇, 13

Obninsky, Viktor Petrovich, 奥布宁斯基, 维克托·彼得罗维奇, 16, 49

Omodeo, Adolpho, 奥莫多, 阿道夫, 82

original sin, Maistre on destiny and, 原罪, 迈斯特论天命与原罪, 122

Orthodox Church, 东正教会, 78

Oxford and Asquith, Julian Edward George Asquith, 2nd Earl of, 牛津与阿斯奎斯, 朱利安·爱德华·乔治·阿斯奎斯, 第二代伯爵, xii, 159, 177

Oxford Slavonic Papers,《牛津斯拉夫论文集》, xiii, 143, 163

Pareto, Vilfredo Federico Damaso, 帕累托, 维尔弗雷多·费德里科·达马索, 156

Parmenides, 巴门尼德, 178

Pascal, Blaise, 帕斯卡, 布莱士: as "hedgehog", 作为"刺猬", 5, 142; and knowledge, 与知识, 131

Paulucci, General Filipp Osipovich, marquis, 保卢奇, 菲利波·奥西波维奇, 将军, 侯爵, 34, 85, 110, 117

Pertsev, Vladimir Nikolaevich, 佩尔采夫, 弗拉基米尔·尼古拉耶维奇, 16

Pfuel, General Ernst von, 普弗尔, 恩斯特·冯, 将军, 34, 110, 117

Piedmont-Sardinia, 皮埃蒙特-撒丁, 83—85

Pisarev, Dmitry Ivanovich, 皮萨列夫, 德米特里·伊万诺维奇, 75

Plato, as "hedgehog", 柏拉图, 作为"刺猬", 5, 142, 144

Pobedonostsev, Konstantin Petrovich, 波别多诺斯采夫, 康斯坦丁·彼得罗维奇, 103

Pogodin, Mikhail Petrovich, 波戈金, 米哈伊尔·彼得罗维奇, 75

Pokrovsky, Konstantin Vasil'evich, 波克罗夫斯基, 康斯坦丁·瓦西里耶维奇, 49, 93

Polner, Tikhon Ivanovich, 波尔纳, 蒂洪·伊万诺维奇, 16, 49

power, Tolstoy on, 力量（权力）, 托尔斯泰的观点, 42—45, 53, 58

Pre-Raphaelites, 拉斐尔前派, 129

Proudhon, Pierre-Joseph, 蒲鲁东, 皮埃尔-约瑟夫, 78—79, 100—101; *La Guerre et la paix*, 《战争与和平》, 79, 100

Proust, Marcel, as "hedgehog", 普鲁斯特, 马塞尔, 作为"刺猬", 5, 142

Pushkin, Aleksandr Sergeevich, 普希金, 亚历山大·谢尔盖耶维奇:

as "fox", 作为"狐狸", 5—8, 148

Dostoevsky's speech on, 陀思妥耶夫斯基的演讲, 6

Pyatkovsky, Aleksandr Petrovich, 皮亚季科夫斯基, 亚历山大·彼得罗维奇, 13

rationalism, and French Revolution, 理性主义, 与法国大革命, 95

revolutions of 1848–1849, and Russia, 1848—1849 年欧

199

洲革命,与俄罗斯,95

Rousseau, Jean-Jacques, 卢梭,让-雅克:Tolstoy reads and admires,托尔斯泰的阅读与欣赏,23,45,73—74,80,105,142; on killing,论杀戮,102; Maistre denounces,迈斯特的谴责,105;on reasons of the heart,论心灵的原因,131; and knowledge,与知识,131; Émile,《爱弥儿》,73

Rubinshtein, Moisey Matveevich,鲁宾施泰因,莫伊谢·马特维耶维奇,16,45

Russia, repression in,俄罗斯的镇压,95

Saint-Simon, Claude Henri de Rouvroy, comte de,圣西门,克劳德·昂利·德·鲁弗鲁瓦,伯爵,26,107

Samarin, Yury Fedorovich,萨马林,尤里·费奥多罗维奇,75

Schelling, Friedrich Wilhelm Joseph von,谢林,弗里德里希·威廉·约瑟夫·冯:influence on Slavophils,对斯拉夫主义者的影响,76; and Tolstoy,与托尔斯泰,76; and knowledge,与知识,131

Schopenhauer, Arthur,叔本华,阿图尔,79—80

Schuster, (Max) Lincoln,letter to,舒斯特,(马克斯)林肯,致舒斯特的信,142

science, Tolstoy's view of,科学,托尔斯泰的看法,113—118,121—122,133

Senfft von Pilsach, Ludovike Henriette Karoline, Gräfin ("Louise"),森夫特·

冯·皮尔萨赫,卢多维克·亨丽埃特·卡罗琳,伯爵夫人("路易丝"),101

Shakespeare, William, as "fox", 莎士比亚,威廉,作为"狐狸",5,8,141

Shaw, George Bernard, 萧伯纳,35,37

Shelgunov, Nikolay Vasil'evich, 谢尔古诺夫,尼古拉·瓦西里耶维奇,14

Shklovsky, Viktor Borisovich, 什克洛夫斯基,维克托·鲍里索维奇,13,49,72

Simmons, Ernest Joseph, 西蒙斯,欧内斯特·约瑟夫,15

Simon, (Han) Paul, letter to, 西蒙,(汉)保罗,致西蒙的信,144

Slavophils, 斯拉夫主义者: Tolstoy and, 与托尔斯泰,74—78,99; Schelling's influence on, 谢林的影响,76; and Maistre, 与迈斯特,129

social contract, 社会契约,44,74

sociology, founding of, 社会学的创立,26

Sorel, Albert, 索雷尔,阿尔伯特,16,19,93—94,102

Spencer, Herbert, 斯宾塞,赫伯特,75

Speransky, Count Mikhail Mikhailovich, 斯佩兰斯基,米哈伊尔·米哈伊洛维奇,伯爵,31,96

Spinoza, Benedictus de, 斯宾诺莎,本尼迪克特·德,49

Staël, Anne Louise Germaine Necker, baronne de, 斯塔尔,安妮·路易丝·热尔

201

曼·内克,男爵夫人,43

Stalin, Josef Vissarionovich, 斯大林,约瑟夫·维萨里奥诺维奇,16

Stein, Heinrich Friedrich Karl, Count von und zu, 施泰因,海因里希·弗里德里希·卡尔,伯爵,39,44

Stendhal (pseudonym of Marie-Henri Beyle), 司汤达(马里-亨利·贝尔的笔名): influence on Tolstoy, 对托尔斯泰的影响, 80—81, 92—93, 142; on Maistre, 论迈斯特, 101; *La Chartreuse de Parme*, 《巴马修道院》, 33, 80

Sterne, Laurence, 斯特恩,劳伦斯, 23

Stroganov, Pavel Aleksandrovich, Count, 斯特罗加诺夫,帕维尔·亚历山德罗维奇,伯爵,86

Taine, Hippolyte Adolphe, 丹纳,伊波利特·阿道夫, 132

Talbott, Strobe, 塔尔博特,斯特罗布,168

Talleyrand, Charles Maurice de, 塔列朗,夏尔·莫里斯·德,40

Taylor, Alan John Percivale, 泰勒,艾伦·约翰·珀西瓦尔,145—147

Thiers, Louis-Adolphe, 梯也尔,路易-阿道夫,23

Todd, Michael ("Mike", born Avrom Hirsh Goldbogen), 托德,迈克尔("迈克",原名阿夫罗姆·赫什·戈德博根),158

Tolstoy, Lev Nikolaevich, 托尔斯泰,列夫·尼古拉耶维奇: on ultimate truth, 论终极真理, v; as "hedgehog" or "fox", 作为"刺猬"或"狐狸", 7—9, 125—126, 142, 148, 159—161; view of history, 历史观, 9—27, 29—36, 45—47, 61, 72, 105—106, 111—112, 119—120, 134—136, 147, 166, 177; Turgenev on, 屠格涅夫的观点, 10—12, 36, 57, 68; moral-social concerns, 道德-社会层面的担忧, 20—21; nihilism, 虚无主义, 19, 76, 94, 100, 125; empiricism, 经验主义, 21, 75, 104, 121—122, 131; reading and influences on, 阅读及其影响, 23, 72—87, 98—101; disbelieves in free will, 不相信自由意志, 47, 51, 80; abhors abstractions, 厌恶抽象, 20, 58, 104; attacked for social indifferentism, 被指责对社会漠不关心, 56; on false solutions, 论虚假的解决方案, 65; ideals and reality, 理想与现实, 62—67, 109, 121—123, 135—136; creative genius, 创造性天才, 66; and personal conflict, 与个人冲突, 67—68; advocates single vision, 提倡单一视角, 69, 121, 160—161; on feeling, 论情感, 68; idealises simplicity, 将纯朴理想化, 73; and Slavophils, 与斯拉夫主义者, 74—78, 99; anti-liberalism, 反自由主义, 74, 76, 96; aversion to intellectualism, 反智主义, 76, 97; on human suffering, 论人类的痛苦, 79—80; and Speransky, 与斯佩兰斯基, 96; rejects political reform, 拒绝政治改革, 105; on science, 论科学, 113—118, 121—122, 133; on human limitations, 论人类的局限性, 124—125; destructive force, 破坏性力量, 127; language, 语言, 126; on knowledge, 论知识, 129—133; tragic temperament, 悲剧性气质, 136—137; *Anna Karenina*, 《安娜·卡列尼娜》, 62, 109; *War and Peace*, 《战争与和平》, 10—11, 13—14, 16—18, 27, 29, 37, 50—52, 56—57, 66, 69, 71—72, 74—75, 78, 82, 85, 87, 101, 103, 109, 112, 149, 158, 178

Tolstoy, Nikolay Nikolaevich, 托尔斯泰, 尼古拉·尼古拉耶维奇, 63, 81

Toscanini, Arturo, 托斯卡尼尼, 阿尔图罗, 161

Turgenev, Ivan Sergeevich, 屠格涅夫, 伊凡·谢尔盖耶维奇: relation to Pushkin and Dostoevsky, 与普希金和陀思妥耶夫斯基的关系, 7; antipathy to Tolstoy, 对托尔斯泰的反感, 10—11, 57, 68; letter from Flaubert, 福楼拜的来信, 11—12; *Fathers and Children*, 《父与子》, 111

Tyutchev, Fedor Ivanovich, 丘特切夫, 费多尔·伊凡诺维奇, 12, 75

Vico, Giambattista, 维柯, 加姆巴蒂斯塔, 175

Vitmer, Aleksandr Nikolaevich, 维特梅尔, 亚历山大·尼古拉耶维奇, 13

Vogt, Karl, 福格特, 卡尔, 125

Vogüé, Eugène Marie Melchior, vicomte de, 沃居埃, 欧仁·马里·梅尔基奥尔, 子爵, 3, 15, 19, 102

Voltaire (François-Marie Arouet), 伏尔泰(弗朗索瓦-马里·阿鲁埃): irony, 反讽, 67; Maistre's hostility to, 迈斯特的敌意, 104, 107; on history, 论历史, 147; reputation, 声誉, 175

Vyazemsky, Prince Petr Andreevich, 维亚泽姆斯基, 彼得·安德烈耶维奇, 亲王, 18

Wackenroder, Wilhelm Heinrich, 瓦肯罗德, 威廉·海因里希, 129

war, 战争: Tolstoy on, 托尔斯泰的观点, 33—34, 87, 93—95, 100—102; Maistre on, 迈斯特的观点, 87—94, 100—102

Waterloo, battle of (1815), 滑铁卢, 战役(1815), 80

Weidenfeld, (Arthur) George, Baron, 韦登菲尔德, 阿瑟(乔治), 男爵, viii, 163, 177

Wells, Herbert George, 威尔斯, 赫伯特·乔治, 35

White, Morton, 怀特, 莫顿, vii

Wilson, Edmund, 威尔逊, 埃德蒙: letter to, 致威尔逊的信, 141; claims IB longs to be "hedgehog", 声称伯林渴望成为"刺猬", 145—146

Woolf, (Adeline) Virginia, 伍尔夫, (阿德琳)弗吉尼亚, 35

205

Yakovenko, Boris Valentinovich, 雅科文科, 鲍里斯·瓦连京诺维奇, 15

Zenkovsky, Vasily Vasil'evich, 津科夫斯基, 瓦西里·瓦西里耶维奇, 15

Zhikharev, Stepan Petrovich, 日哈列夫, 斯捷潘·彼得罗维奇, 87

Zweig, Stefan, 茨威格, 斯蒂芬, 15